长岛小记

Long Island Notes

郭红——著

北京出版集团
北京十月文艺出版社

新经典文化股份有限公司
www.readinglife.com
出　品

目　录

Contents

这所美丽的房子，仿佛专为庇护我们而建。它的新与旧、工整与凌乱，处处都正合我们的心意。它好像本来就是我们的家。

有些时光是不能辜负的，我们趁着好天气再访此前看过落日的海滩。我最喜欢这里的开阔。放眼望去，四下茫茫，海风猎猎，所有的市井喧哗瞬间恍若隔世。

这棵古老的树像是出自童话，树身上刻满了恋人们的海誓山盟，坐在树枝上悠荡，那些早已凝固的爱意仿佛也开始流动了。

叩叩的力气一天天在增大，虽然掰手腕还是会输，但是，先生已经赢得越来越困难了。他们都在等着胜负重新划定的那一天，而且非常坦然。

熟悉的景物在落日时分被涂上了华丽而浓重的色彩。沙洲、森林、泊在水里的小船和憩息在岸边的水鸟，都镶上了金色的边。

先生是一个情绪非常稳定的人，执着地过着规律的生活，每天平静地写作、阅读。这很让我这个三心二意的人安心，心情不再跌宕起伏，也不会轻易大惊小怪。不过，世界确实与以前不一样了。很不一样。

序　文学的恩惠

周国平

一

在刚过去的庚子年，因为新冠疫情，我们一家四口被困在长岛七个月。我们不知道会被困多久，一次次抢订机票，一次次被取消，归期似乎越来越渺茫。最焦急的是郭红，最后也是她费尽心思，找到了一个拼接航班的方式，我们终于结束了大洋彼岸的漂泊。

可是，在滞留的日子里，正是这个归心似箭的人，我看见她天天端坐在电脑前，沉浸在写作之中。我知道她不久前开始写文章，但不知道她写了些什么。以前看过她写的东西，比较小女生情调，这没有什么，自己玩得高兴就好。这次有点异样，从未见过她这么持久而陶醉地投入，仿佛沐浴在一种幸福的光芒之中。某个夜晚，我怀着好奇一口气读完她写的那些篇章，我震惊了。

我看到了什么？一个陌生的女子，她不是我的妻子，或者说，她不过碰巧是我的妻子罢了。她在世界上走，一边看风景、看人间，一边内心独白，对看见的景和物表示喜欢或原谅，对想起来的人和事表示喜欢或原谅。她在自己灵魂的旋律里走，从她的文字能听见这旋律，自由、灵动、旁若无人，把你也带进了这旋律里。以前那个顾影自怜的小女生不见了，我看到的是一个作家。我说的作家，不是身份和头衔，而是一种状态，我不知道怎样定义这种状态，勉强形容，是一种被文学附了魂的状态。

当然，一个人不是毫无来由地被文学附魂的。许多年里，她一直是文学作品的热心读者，我家书架上堆满了国外当代作家的书，都是她买来的，一本本读得飞快。有的作家她反复读，比如爱丽丝·门罗、多丽丝·莱辛、雷蒙德·卡佛、石黑一雄。我比较老派，主要读旧的经典，而据她说，她也喜欢蒙田、屠格涅夫、海明威、马尔克斯等大咖的书。有时候聊起所读的作品，我发现她有很精辟的领悟，当时就想，她应该能够写出好东西。

物有其时，心灵的春华秋实也有它自己的季节。这与生理年龄无关。滞留长岛是一个意外，这个意外成了一个机遇。疫情限制了旅行的自由，长岛是寂寞之地。海洋围绕着葱郁的森林，长岛是茂盛之地。在长岛的寂寞和茂盛之中，一个人灵魂中的文学基因醒了，在我眼中是一个小小的奇观。

二

郭红骨子里是一个村妞，用儿子的话说，是一个野丫头。她在农村度过童年，常年在田野里玩耍和干活。她小时候最擅长的事是爬树，爬树干什么？摸鸟蛋，摸到了马上敲开蛋壳，把生蛋汁倒进嘴里。她说是因为饿啊，一次不慎从高树上摔下，摔成了脑震荡，我说难怪现在还经常犯浑。

从农村搬进城镇，然后到大城市求学，结婚生子，落户北京，如她所说，生活发生了彻底的变化，与土地和乡村的日常联系被切断了。但是，只是在外部环境上被切断，野丫头的本性在她的身体里潜伏着，等候复苏的机会。机会来了，长岛就是一个大农村。美国的疫情日趋严重，但防控相对宽松，海滩、公园、郊野仍是开放的。我和两个孩子比较宅，也谨慎，尽量不外出，唯有她浑不吝，经常一个人悄悄出门，喜气洋洋归来。那是她的莫大享受，与土地的亲近，与土地上自然风物的亲近，这种久违的需要得到了满足。不但得到了满足——由于心无挂碍的大量闲暇，由于生气蓬勃的自然生态——还得到了空前的满足。

她独自外出的时候，心情多么轻松：“一个人在外面，走啊走啊，东看西看，脑子里好像在想什么，又好像什么也没有想……走路多好啊，不花什么钱，不费什么心思。”她说她走路不看脚下：“脚下有什么可看的呢？不过是一条路，偶有起伏。有时候会有石子绊我一下，吓我一跳，我连踢它一脚都不想。人的一生总是有什么会绊着你的，你会因此而一直盯着绊你的事物吗？”真好，悠然自得之中，跟自己幽默了起来。

那么，她在看什么？“我双手插在兜里，大部分时候都仰着头。”她看天，而长岛的天空“非常忙碌”，“从来都不令人失望”。

她有许多对天空的描写，只举二例。写乌云的激荡：“乌云在空中急速赶路，像是义无反顾地奔赴一场远方的战争。我一路抬着头看呀看，好像从没有见过这么激荡的天空。那天空深处，也许真有天神在演绎他们自己的故事吧。”写天空的蓝：“以前觉得长岛的天空已经够蓝了，天天都那么蓝，甚至蓝得让人觉得单调。但飓风刮过时，我才看到最深邃饱满的蓝，怎么说呢，比蓝还要蓝，蓝得让你觉得那不是天空，而是通往一个崭新世界的入口。”

当然不只是仰头看天，她看大地上的景物也非常仔细，常有贴切生动的描写。比如写风：“我静静地看着树，所有的枝叶向着同一个方向倒过去，那么舒展流畅；再看着它们慢慢地散乱地直立起来，未及恢复原状，又倒了过去。顽皮的风不厌其烦地反复地玩着这个游戏。”写暴风雪：“远远地看过去，却有一条雪龙呼啸着急速地冲过来，好像一个跑得太快的孩子，刹不住脚了，一直冲进了对面的森林。”写徘徊于低温的长岛的春天：“好像一个极有耐心的玩家，就是不把手里的牌轻易打完。”她喜欢小动物，我们院子里有鸟儿筑窝，还入住了野兔、獾、松鼠之类，这些都是她观察和描写的对象。且看她写的獾：“它们外表呆萌，身体肥胖，乍一看，总觉得它们的表皮下面全是液体，每走一步身体都会像波浪一样从后往前荡，再从前往后荡。”

我真是喜欢她这些描写自然的文字，它们不只是在写自然，也是在写她自己，写她的性情和世界观。我赞同她的一个结论式的句子：“每一个能够与自然交流的日子，都值得被深深地祝福。”我知道，她说这句话，是因为这种祝福她失而复得，因此感到由衷的喜悦。

三

蛰居长岛的日子，生活变得非常简单。异国他乡，加上疫情，把人际交往减到了最低限度。我们这个小家，四口人长时间朝夕相处，是多年来不曾有过的情形。因此，在她的笔下，也就有不少篇幅是写日常家居生活的。我要庆幸她很少写我，因为妻子眼中的丈夫难免会有许多缺点。作为母亲，她关注孩子的成长，有一些很好的感悟。

女儿二十一岁，儿子十三岁，都处在青春期的范围内。两个孩子都可爱，但这个年龄段的孩子，心灵中悄然发生着重大的变化，未来也极其不确定，做父母的心情就十分复杂了。在孩子面前，父母会不知不觉地小心翼翼起来，这是“面对自己非常亲近但又不太了解的事物的一种小心翼翼”。在小心翼翼之中，这个为人母者在思考，得出的认识是我深以为然的。

第一，要承认自己无知。“生命的成长，是一个不可知的过程。无数种偶然的因素，还有那摆脱不掉的基因和历史，一起向这个新生命争夺影响力，想要在他的身上打下自己的烙印，而最终是什么塑造了他，他的坚毅与脆弱，他的聪慧与愚笨，他的痴情与孟浪，以及他的局限和梦想呢？无人可知！这个无人能窥知其全貌的过程，多么令人敬畏啊！”

第二，要换位思考。“他眼中看到的，不再是家里的玩具和父母的怀抱，而是在面前无限铺展开来、时间上无穷延展的整个世界，生命对于他是幽深而广阔的神秘大陆，异彩纷呈又扑朔迷离，而家和父母只是他的一个微小而乏味的起点。”

第三，要接受自己无能为力的事实。“父母能够为孩子做的是多么少啊……我只能接受这一点，并且试着安心。”“我有时候会想，也许，不打扰他们的成长，就是对生命最大的尊重吧？就是教育最仁慈的呈现吧？”

这样就够了吗？当然不够，无能为力不是无所作为，也许最恰当的态度就是她在谈及女儿时所写的：“尽力关注她，同时又不着痕迹地忽略她。关注她是为了体会她的真实状态，可以与她做富有内容的交流；忽略她则是为了留给她独立成长的空间。”

在这些谈论中，我看到的不仅仅是一个母亲在说自己的孩子，更是一个有哲学思考的人在说教育。把教育放在人生的大背景下来思考，这已经是哲学了。这个拿过哲学博士学位的女生，现在向我证明了她没有被学院里刻板的哲学课程败坏。她还写了一些人生感触，我看了也喜欢，比如关于遗忘。年老时人能够回忆起的东西是很少的，曾经鲜活的儿时岁月，曾经令自己刻骨铭心的初恋，都随着雨打风吹去，存留在记忆里的经历越来越简化、抽象、淡薄。所以，她下决心用写作来对抗遗忘，“我们不能打败时间，就只能打败遗忘了”。可是，真能打败遗忘吗？“一切都走在被遗忘的路上，遗忘的队伍浩浩荡荡，遗忘之路是最不孤单的。”随后她又笔锋一转：“假如被遗忘的一切都去了同一个地方，遗忘的世界会多么博大永恒、浩瀚无边，遗忘也许就是另一个真实的世界吧。”你看，真正要对抗遗忘——其实还有死亡、虚无——不能只靠写作，还必须靠信仰，相信另一个真实世界的存在。我认为，她说的是人生的根本困境以及希望。

四

我说她被文学附了魂，我说她灵魂中的文学基因醒了，在这些比喻的说法里，我所认为的文学是什么？不错，她在辛勤地写字，但仅仅如此还不是文学。今天这个自媒体时代，网络上文字泛滥，文学却稀少。那么，究竟怎样的写作是具有文学性的？

人们已经给文学下了无数定义，我不会傻到想要再增加一个。我只说说我的感觉。在生活中，我们都会有怦然心动的时刻，心灵被某种东西触动了，但是，忙碌的心灵无暇停留，这样的时刻往往稍纵即逝。倘若有人养成了一种习惯，心灵一旦被触动，就要认真反省其缘由，仔细体味那触动心灵的东西，不管那是呈现在眼前的一片风景、一种情境，还是袭上心头的一段记忆、一股情绪，并且渴望用准确的文字记述下来，那么，我认为这样的人就是与文学有缘的。文学是看生活的另一种眼光，让人留心发现和保存那些赋予生活以意义的东西，生活因此也就变得充满意义了。所以，文学是莫大的恩惠，它产生的不只是文字作品，它还陶冶心灵的气质，提升生活的品质。

我很早养成了习惯，及时记录一闪而过的感触和思绪，因为我知道它们的珍贵，也知道它们极容易流失。一直以来，我建议她也这样做，未被听取。有趣的是，从长岛开始，她自然而然有了这个习惯，笔记本上写满了这类东西。她是在为写作积累素材，不过我相信，她从这个习惯得到的收获绝不止写几篇文章。

给自己的太太写序，这好像是一件尴尬的工作，但我很坦然。我喜欢某个人的作品，我就诚实地表达这喜欢，因为这个人碰巧是我的妻子便羞于表达，我还不至于这么心怀鬼胎。有人也许会想，她是在我的影响下写作的，这可是天大的误会。我清楚地知道，在国内当代作家里，她青睐的绝对不是我。事实上，她的作品和我的很不同，是更感性的，因此也是更文学的。她的写作刚刚起步，但已经是走在她自己的路上了。这正是我最欣赏的，如果她是在仿效我，我会觉得滑稽。那么，我一点功劳没有吗？倒也不是，不过我的功劳只是鼓励和支持她罢了。我的鼓励和支持，除了爱文学的公心之外，还有一点私心呢。我希望我身边的亲人，不论妻子还是儿女，都有自己独立的追求，自己热爱的事业，充满自信，丝毫不会感到受了我的所谓名声的压抑，这样我自己才轻松愉快，觉得没有做错了事。

周国平

2021.3.5

开篇　非常的春天

一

长岛的安静是一种气质，它看似平静，其实在暗中悄然变化，从外表基本上看不出来。虽然到处是洁净的房屋和美丽的花园，世界像是一个梦境般的假象，但是这安静有时能够抚慰我，有时却令我烦躁不安。我们滞留在这里已经有两个月了。

旧的机票取消了，新的机票不知在何处。我一心想回家，充分体会到了有家难回的苦恼。

这段时间，随着美国新冠肺炎患者的增加，大家终于不再以为这只是发生在遥远的东方的事情，气氛也开始躁动了，各种传闻满天飞。有传言说纽约要封城，有的说美国政府要派军队进驻纽约……奇怪的是，人们都不会直接相信电视上的新闻，而更喜欢相信小道消息。各种交流群里的一张图片，可能比电视里权威人物的长篇大论，更容易获得传播和信任。

好像人们都觉得，世界上存在着另外的真相，它不同于我们看见和听见的这个。

昨天和今天，我两次驱车去布鲁克林，观感与以往有所不同。高速路上空的显示屏上，非常醒目地写着“Stay home; stop the spread! ”，号召大家都待在家里，阻止感染扩散。路上的车还是很多。我既不熟悉路线，新租的车又很容易超速，几个关键的路口没有及时拐弯，等我醒悟过来，车子已经开进了曼哈顿。

不过没关系，顺便看看街景吧。

街上行人神色凝重，步履匆匆，比平时少了九成。偶有花树盛开，一树粉色跃入眼帘，让人心下不由得一喜。少了以往五颜六色的人潮，突然觉得这里的房子那么多，树那么少，世界上最繁华的大都市像是一座空城，让人顿感凄凉。

不过，戴口罩的人明显比以前多了。听说这次华人的感染率在不同人群之中是最低的，这在相当大的程度上，得益于华人的危机意识，早早不顾别人的白眼戴上了口罩吧。

好不容易从曼哈顿绕回了布鲁克林，眼前豁亮起来。这里的小街上，人好像比以前多了一些，个个看起来又悠闲又放松。布鲁克林著名的展望公园与中央公园是同一位设计师的作品，面积很大，风景也很美。它附近的居民区华人很少，各色人等或遛狗，或遛娃，又或坐在门前台阶上抽烟，给人感觉是在度假，而不是禁足。我很好奇他们的勇敢，难道某些人真的抵抗力更强?

也许只是民族文化的差异吧。

今天，纽约州确诊的感染人数已经超过两万了。我们无意中待在了美国疫情最严重的地区。虽然特别想回国，但是听说现在回国等于是给国家添乱，我们决定再等等。

二

春天有着自己的步调，她仍然不紧不慢地来了。

在我们居住的小区里散步，我最喜欢的就是欣赏各家各户的花园。这里的居民都把花园打理得井井有条，各有千秋。前院是展示给别人看的，像是一张家庭名片，因此都精心设计；后院是自己家人活动的区域，以实用和个性为主。

一般来说，从前院基本上能看出屋主的个性。有的屋主爱花，前院会有早春即盛开的玉兰、樱花。有的屋主显然不喜欢被大树掩映的感觉，前院就配置着低矮的植物和草坪。还有一家人，前院有一棵美丽的大树，屋主为了突出它的特色，专门为它设计了灯光，傍晚散步经过的时候，我总是驻足欣赏。不知为什么，有着美丽花园的人家，我总觉得他们有着更幸福的生活。

这段时间，我在自家后院转了好多圈，想知道自己是不是一个拥有珍稀植物的“富翁”。我的后院有大片的草坪，四周是一圈灌木，现在还没有发芽。在北京的时候，我曾经花了三年的时间，认真打理过一个庭园，对于草本植物、灌木和乔木也略知一二。可是，眼前这个院子的植物，尤其是在没有叶子的状态下，我真的认不出来它们是什么。

南边的灌木下有细细的草叶长了出来，这个我认得——野韭菜，掐了几根儿放在了汤里，味道不错！地上星星点点萌出的小圆片我也认出来了，是垂盆草。

可是，那每隔不远就有一丛的灌木，枝干发白，究竟是什么呢？纽约的绣球花夏天的时候开得又大又美，我常常在路边驻足，为别人家绣球的美丽而陶醉。而这一丛丛的，下面也有许多干枯的绣球花头，难道就是我最爱的绣球花吗？我不敢想象自己会有这样的幸运，使劲按捺住想要找邻居打听一下的冲动。

唉，反正我们一时半会儿走不了，我应该是有机会知道答案的。阿弥陀佛，拜托一定要是绣球花哟！

三

前几天，我们驱车去附近的一个历史保护区公园远足。到了那里，真切地体会到了地广人稀的含义。广阔平坦的草坪，遥远的地平线，四周是原始森林，林下还有一簇簇野生的水仙花，黄色的花朵已经零星地绽放了。既可以在户外活动，又能与人保持足够远的距离，在疫情期间这是最好的去处。此前，我和叩叩一起误打误撞到了这个公园，实在是太喜欢了，很短的时间里就来了四五次。

我是时常有“贼心”的，当然这个“贼心”只针对植物而生。不对，有时也会馋别的。

一想到至今还没有开一朵花的后院，我看水仙花的眼神就不一样了。我仔细打量那片花里哪一丛最健壮，哪一丛花下的土看起来最松软，哪一丛差不多藏在树后，挖掉了不易被人发现。就连挖回去以后种在哪个地方，我也想好了。

我打算下次再来的时候挖几丛回去。一想到以后每年的早春，这宿根的水仙花都会第一个绽放在我的花园，我的决心就更大了。这几次都是空手来的，没有工具，下次要记着带上。

第二天，先生帮我用塑料袋装了工具，放进了背包里。闺女这次跟我们一起来玩儿，快要走到水仙那里了，她突然严肃地对我说："妈妈，这是州立公园，这些植物是国家财产，你这么干是犯法的。"

我说："别人家里都长着呢，还不是从野外挖回去的？"

"别人犯法你就也要犯法吗？"

我踌躇了，既怕自己成为罪犯，也不愿给孩子树立一个不好的参照，只能远远地眼巴巴地看着水仙花，一步一回头，万分遗憾地与它们失之交臂。背包里的"作案工具"硬邦邦的，我每往前迈一步它都拍一下我的背，像是在提醒我什么。

我贼心荡漾又不敢当着女儿的面动手，真是痛苦啊。为了缓解这种痛苦，我打算过几天单独出来一次。

四

昨天阳光极好，春和景明，令人神清气朗。

搬了椅子坐在阳光下，闭着眼睛感受阳光和微风，听风中飘来的鸟儿的歌唱，想起了顾城的几句诗：

早晨，阳光照在草上
我们站着
扶着自己的门扇
门很低，但太阳是明亮的
草在结它的种子
风在摇它的叶子
我们站着，不说话
就十分美好

没想到，三月下旬了，长岛一转眼又飘起了雪。

阳光灿烂的时候，我想象不出来会有不幸；雪花飞舞的时候，我想象不出来会有病毒。

雪花直接变成了雨，大雨冲刷着一切。

在这个湿润的早春，没有理由不憧憬一个好年景。

2020.3.23

一　用日常生活打败焦虑

我们热爱这个世界时，才真正活在这个世界上。

——泰戈尔

一

我很不喜欢做家务。很多时候，你不喜欢一样东西，就是因为你天然在那方面有所欠缺。认识到了这一点，我就坦然了。做个笨女人，并不是一件讨厌的事。

可是，有的时候并不是你不喜欢就可以不做，而真的做起来会发现，你也并非笨到不可救药，说不定还能从中得到乐趣。现在的我就是这种状态。

因为疫情，我们全家一致决定，尽可能不去超市购物。美国的物流并不像中国那么发达。在北京的时候，我早就习惯了在网上订菜，一小时以后菜就送到了家门口。在美国可不行，昨天试了试，基本上要四五天以后送货。想象一下，你本来想吃火锅，等送来的时候，你已经想吃饺子了，多没意思。

耐用的米面油，当然有囤的，可是牛奶鸡蛋不能长时间存放，很快就要吃完了。我愁得不行，想去超市。先生说，“小不忍则乱大谋”，跟生命相比，牛奶算个啥！叩叩说，这次病毒的目标人群就是爸爸这个年龄的人。

话都说到这份儿上了，我若非要去超市，感觉不是想去购物，而是想“谋杀亲夫”！这个罪名我可担不起。

二

那做点儿啥呢？突然想着要不然就蒸包子吧。

上次去超市买了几包安琪酵母，我在冰箱里找到了。心说，“糟糕，酵母会不会被冻坏了？”在我心目中，酵母是一个个可爱的小胖真菌，它们怕冷怕热，冰箱说不定是它们的天敌。不敢大张旗鼓地做，那就先发一小团面来做试验吧。

我把面和好，把小盆子放在盛有热水的大盆里，过两个小时去看，竟然发酵成功了。太好了。我很兴奋，挽起衣袖，“一顿操作猛如虎”，把家里剩下的一点儿韭菜、鸡蛋做了馅儿，鸡蛋太珍贵了，舍不得用完，留了三个。可这样的话馅儿又不够了，后来我找到一包豆腐丝，切了一些放进去。包成包子以后醒了一会儿面，上锅开蒸。

这可是我第一次在美国蒸包子，心情很急切，不停地看钟，二十分钟一到赶紧揭锅盖，肥白的包子在我眼里比杨贵妃还迷人。可是，为什么包子皮在面前慢慢、慢慢地“枯萎”下去，一眨眼它就变成了赵飞燕？而且包子皮还是半透明的？

难道是面没有醒好？不过没关系，皮硬点儿也是包子嘛。一家人吃得真香。最后还剩下五个包子没蒸，我把它们放进锅，以为可以吃了的时候，才发现根本没开火。管它呢，爱咋咋地，现在开火也行。

叩叩远远地躲在书桌边偷玩儿游戏，热情地应答着我的每一句唠叨，这说明他心虚。我顾不上管他，但又惦记着他还没吃饱。到了时间我揭开锅，没想到，这次蒸出了真正的“杨贵妃”。包子又胖又白，丰满柔软，心说就是真的杨贵妃来了，我也不换啊。

原来，包子也是时间的朋友，你要耐心。

三

因着先生是易感人群，我家的禁足令简直就是为我设定的。

我可爱的红汽车停在门口，在阳光下闪着诱人的光泽，像是在招呼我。先生在楼上书房里工作，我看见他拎了一壶茶进屋了，估计一时半会儿不会下楼。我偷偷在地图上搜了一个地方，打算直接就走。

一双儿女热情地问我要去哪儿，然后激烈反对。我假装没听见，甩上门一溜烟地逃跑了。不过，心里有点儿隐约的担忧，估计待会儿回来没有好果子吃。为什么家里每个人都像是我的家长呢？我觉得自己的家庭地位堪忧。

路上车真少，视野真开阔。前几天还半开的连翘，现在已经是一片耀眼的金黄。如果不出来，哪能看到这些？

跟着导航的指示到了目的地，没想到我随手选定的地方竟然是一片完美的沙滩和海。

气温还不够高，人很少。深蓝宽广的大海在眼前静静地向天边铺展开去。沙滩空阔漫长，有海鸥静静地在岸边觅食。沙子柔细，沙滩上满是洁净圆润的石子，在我眼里，这里简直是像天堂一样美好的地方。这样的地方怎么可能有病毒？连人都没有。

悄悄回到家里，忍不住晒了照片。没想到先生兴趣十足，说要马上再去。可是天都快黑了，只能过两天再说吧。

前天下午，我终于带着父子俩一起去了。因为天气晴好，我平生未见的巨大的停车场里大概停了四分之一的车，叩叩说人太多了。

沙滩上大概每隔二百米就有一个人，栈道上偶尔有人在跑步，两个白人小姑娘穿着棉衣光着脚在玩儿水。

叩叩发现了大堆美丽的贝壳，先生弯腰仔细拣选石头。他有一个心爱的玻璃大碗，里面放他拣来的石头，什么颜色的都有，很美。至于大海，他们觉得人太多了，好像不太想看。这段时间，我们对人多人少的定义好像发生了某种变化。

毕竟是疫情期间，我们不敢长时间在外逗留，赶紧回了家。一打开电视就看到说，纽约的感染人数直线上升，连我们附近的一个小镇都有好几百人感染。真想象不出来在人烟并不稠密的这里，怎么会有那么多人感染？我突然有点儿害怕。

我满腹狐疑地看着邮筒，看着汽车的门把手，看着家里的大门，看着刚刚在海边踩过沙子的鞋子，一切都变得不那么可靠了。赶紧拿起消毒水，挨个儿消杀一遍。

先生更是认真，他把心爱的石头们，全部从玻璃碗里倒出来，泡进了水里，加了消毒液浸泡。过了一会儿又都倒了出来，用开水烫，然后再放回原处，终于吁了一口气。我觉得这石头现在干净得都可以吃了。

在非常时期，这些看似多余而可笑的行为，多么让人心安啊！

四

后院的草坪中心，有个地方的地势有点儿低洼。每次下雨，那里总是会积水，映着天光，就好像草坪中间有面镜子。初春时节，草坪黄绿各半，但是小鸟儿都已经活跃非凡了。

以前不知道，初春时节是求偶期，小鸟儿的鸣叫活泼婉转，曲调丰富，有的甚至透着一股妩媚。每次站在院子里，我总是听得入神。

不知为什么，有只腹部金黄色的鸟儿爱上了那个水洼。雨后，水洼丰盈，它就整天待在附近，一天，两天，从来不离开超过一米。又下雨了，它躲到旁边的灌木下面，仍然面朝着它的水洼。

我很替它发愁，难道不需要觅食吗？难道不冷吗？难道不应该去谈恋爱吗？难道它跟别人在这里有约？水洼是时常会干涸的，那时候该怎么办？

风从原野无声地刮过来，微有凉意，但清甜醉人。今天干涸了的水洼边终于不见了它的身影，那么，它是不是终于等到了自己的心上人？

门外的遮阳篷后，突地有一只鸟儿惊飞了。我抱歉地看着它身影消失的地方，没想到一回头赫然发现一个正在建设中的鸟窝，有一些干草和丝状的东西从遮阳篷的卷轴那里垂了下来，鸟窝的最上边还有几根青草呢。

我尽可能无声地走开，到了房间里还捏着嗓子叮嘱家人，千万不要再开关遮阳篷。他们也很惊喜，全都蹑手蹑脚地过来看那一小堆草。一想到过段时间，会有几个小家伙整天嗷嗷待哺，嫩黄的小嘴伸出来没完没了地讨虫子吃，我的心充满喜悦。

这种时刻，关于疫情，关于暂时不能回国的焦虑，似乎都远去了。因为大自然里，与生命有关的许多事情仍然像亘古以来那样静静地发生着，那么希望从来都在。

2020.3.27

二　什么时候可以回家呢?

百年不遇的疫情，我们偶然处在美国疫情的“震中”，偶然滞留在这里，机票数次被偶然取消，很多偶然集合在一起，与别人的心情自然有所不同。原以为是“临时”的逗留，阴差阳错变成了“长居”，我们感到非常茫然，有点儿不知何去何从了。

好在先生是一个情绪非常稳定的人，他执着地过着规律的生活，每天平静地写作、阅读，就好像他早已接受了这里的生活，即使永远这样生活下去也不怕。他的意志力强大到让异国他乡的日常生活服从他。这很让我这个三心二意的人安心。安心的后果是，心情没那么跌宕起伏，也不那么轻易就大惊小怪。不过，世界确实与以前不一样了。很不一样。

一

首先是禁足问题。我们已经有一个多星期不出门了，最后一次出门是 3 月 23 日那天去朋友家生日小聚。从那以后就基本上再没有见过别人。当然，远远地看一眼路过的邻居或是送货的小哥不算在内。租来的汽车就那么静静地停在门口，租金是不会减的，车却基本上不用。我每天都会想，它啥也没干，几百块钱人民币又没了。不过，我们不能退租，担心万一有点儿啥急事，到时候叫天天不应，叫地地不灵。家里有车还是要主动些。

前天我在家里闷得心烦，特别想出去走走。孩子们不同意，他们虽然年纪小，却个个都很谨慎，我是家里最不稳定、最好动的那一个。先生见状，决定陪我出去。那天下着小雨，到处都雾蒙蒙的，路上人很少，偶尔能看见跑步的人，穿着短衣短裤在雨中沉默地前行。我沿着熟悉的山路开着车，虽然看不到人，但还是连车窗都不敢开。

这样的兜风，很不像兜风，倒像是被贴身跟踪又被抓获回家了。转了一大圈儿，好像啥也没看到，有的时候，你的眼睛里是看不到这个世界的。

二

不少朋友看了国内对美国疫情的报道，很担心我们的安全问题。我心里感到非常温暖。要知道，从某种意义上来说，这些惦念就像是纽带，把我们和祖国遥遥地联结起来。我们走得再远，也不是孤身一人。

这次疫情，纽约的情形过于惨烈，听说一线的警察因为防护装备不够，已经有五六百人感染。还有不少警察纷纷请假，一时之间，人人自危。不过，暂时还没有听说更多的治安问题。我们所居住的长岛，带枪出门必须有持枪证，这里去年被评为美国最安全的地方，治安一向很好，也没必要带枪。偶尔有传言，有几个人假扮成防疫中心的人入户抢劫，但也只是听说而已。

更何况，我们住的地方不临街，是一个相对独立的小区，二十四小时有门卫值守，总是要略安全一些。

我说这里治安好，更多的是一种感觉。走在路上，陌生人都会互相微笑着打招呼。现在大家有意识地保持社交距离，打招呼都是远远地招手，但那笑容是真诚的。很多住宅散落在林间、湖边、路旁，他们的前院都是开放的，没有围篱和护栏，甚至看不到狗，因为狗一般都关在后院。

不过，美国地域广大，各个地区的文化差异也很大。有的州，比如得克萨斯州，民风彪悍，人人带枪，遇到这种特殊时期自然会囤枪囤子弹，那是他们的日常所需。

美国的警察有的时候很有人情味儿。有一次我们晚上从健身房回家，因为不熟悉道路，左转的时候直接逆行开进了高速公路的辅路。我几乎立刻就发现自己出了错，调头往回，没想到瞬间就有辆警车拉响警笛跟了上来，让我靠边停车。一位身材敦实的中年警官下车走了过来，让我出示驾照，我磕磕巴巴地告诉他，驾照在家里没带出来，我不小心走错了路。这位五大三粗的警察往我车里看了看，说你的家人都在里面，我说是。他啥也没说转身回车，我忐忑不安地等着，以为会收到一张天价罚单。没想到他在车里用喇叭说："Go home, with your family!"

说实话，我既如释重负又非常感动。家人对他们来说大概是太重要了，他看到我的家人就知道我是真的走错了路。

后来别的朋友说，你不知道你有多幸运。她有一次开车仅仅是走了一下 S 形，就被罚了。当然，后来我还有好几次与车有关的幸运，不知道是不是属于新手的幸运。根据我有限的经验，只能归因于这里的警察执法的时候比较人性化。

衷心希望染病的警察们早日痊愈。他们也都有家人啊！

三

美国的感染人数增长太快，我每天都很害怕看数据的更新，感染人数很快逼近二十万了。这种不可思议的增长，是前所未有的，真是太可怕了。不过，因为有很多具体的措施出台，好像大家也都挺有信心。

这边华人感染人数比较少。在美国，华人是最早开始戴口罩、最早开始囤积日用品和防护用品的。别的超市我们不敢去的时候，华人超市还是相对要安全些。虽然华人感染人数相对较少，但周围还是有越来越多与疾病相关的信息出现。听说附近常去的一家超市 COSTCO 有九名员工感染，闭店了。今天又看到附近的另一家韩国超市因为有一位员工检测结果为阳性，也闭店进行全面消毒和清洁了。具体什么时候开门，有什么规定，都不知道。

这里并不会披露患者的具体信息，最多会告诉你，你所在的镇有多少感染者。朋友住的那个镇，网上说有好几百例，我们都很震惊，因为长岛这边的居住密度很低，几百例的话，那得是好多户人家啊。一想到我经常路过的那些有着精致花园、洁净美丽的住房中，可能都有人感染，我真的觉得不可思议，要加倍小心了。

四

这次不得已留在美国，什么时候能够回去，成了一个未知数。

我们是 1 月 17 日过来的，那时候全世界都还岁月静好呢。我们照常买了往返的机票，计划春节以后 2 月 6 日就回国。结果航班取消了。我们考虑了一下，估计三月底应该可以回去，就又买了三月底的机票。没想到转眼之间，纽约成了重灾区，我们的航班随着启程日期的临近、传言的增多，先是改期，继而也取消了。

朋友的女儿真是非常幸运。学校停课以后，她一心想回国，在另一个朋友家寄住了几天。她妈妈一直在为她安排回国事宜。非常幸运的是，她赶在海关关闭之前，不但赶回了国，而且可以居家隔离。我现在羡慕得不得了。

我还想订五月的票，想着也许四月之内美国的疫情会出现拐点。但随着这边数据的飙涨，拐点似乎遥遥无期了。有人提醒说，我们应该跟中国驻美大使馆报备一下，如果有机会可以早一点抓住。可是我想，我们好歹有住处，生活没有太大的不便，有很多留学生孤身一人在美国，他们肯定归心似箭，一定在苦盼着这样的机会，那我们就不要去挤占吧。这样佛系的心态，注定了我们不会早早地拿到机票。那又有什么办法呢？

什么时候可以回国呢？说不定有奇迹发生，我们很快就可以回去了。

前几天读到一篇很仁慈的祈祷词，很喜欢，附在后面：

愿我们这些仅仅面临生活不便的人，

能顾念那些生活在危机中的人们；

愿我们这些不易被感染的人，

能顾念那些免疫系统脆弱的人们；

愿我们这些可以奢侈地在家工作的人，

能顾念那些必须在防护疾病和维持生计之间做选择的人们；

愿我们这些不因孩子停学受影响而能够灵活选择在家看顾孩子的人，

能顾念那些别无选择的人们；

愿我们这些不得不取消自己行程安排的人，

能顾念那些找不到安全之所可容的人们；

愿我们这些在金融市场的重创中储蓄遭受损失的人，

能顾念那些根本没有储蓄的人们；

愿我们这些被隔离在家的人，

能顾念那些无家可归的人们；

当惊恐笼罩了我们的国家，

让我们选择去爱。

疫情期间，也许我们无法张开双臂，彼此拥抱；

但是，愿我们找到传递爱的方式，

成为上帝慈爱的怀抱，来拥抱我们的邻舍。

阿门。

2020.3.31

三　长岛拾贝记

长岛的春天雨水真是太多了，植物们丰盈饱满，都是一副心满意足的样子。不过，雨只要一歇，几阵风过去，天立刻就会放晴。蓝天白云是这里最寻常的风景。

虽然气温仍然不高，但是天高云白，空气清润，心情很容易就好起来。

这样的日子，总觉得关在家里，是对春天的辜负。

吃完我很晚的早饭——其实相当于午饭了，趁着先生在书房里专心工作，没时间管束我，我对叩叩说："我就去海边转转，保证不跟别人接触。"

他正在假装上课，偷偷玩手机，巴不得我不在家，立刻就准了。

冷泉港离我们的住处只须驱车五分钟，一眨眼我就到了。

天空太蓝了，海里的沙洲，平时看起来平凡无奇，这天看起来却是洁净柔软，引得人很想过去踩一踩。可是，中间隔着海水呢，少说也有五十米宽。虽说是个港口，对面就是很多人天天去登山的入口，人却不多。宽阔的停车场空荡荡的。

我泊好车，看看旁边盛开的李子花，四处张望一下有没有好玩的去处，然后慢吞吞地来到海边。

带着海腥味儿的空气真好闻。

别人总说住在海边潮湿，我没住过，不知道。但是与住在林子里相比，我还是更喜欢后者。海景虽然开阔变幻，但海风劲吹的时候，我也许会惧怕它的力量。而原野和森林是不一样的，它们安静而又丰富，青草的香味儿沁人心脾，层层的树木像是屏障，是一种看不见的抚慰。

海边有好几只海鸥在觅食。海浪低低地拍打着碎石。有一只白色的大海鸥突然从远处俯冲过来，瞬间从水里叼起一个贝壳，扑扇着翅膀飞起一米多高，松口让贝壳落在石滩上，然后它就落下来开始吃贝肉。这一通操作一气呵成，流畅熟练，它显然是个中老手。我看得无比神往，心说为什么它能这么容易就找到贝壳呢？我也去找一下吧。

岸边长着一片厚厚的水葫芦，我走过去一看，啊，没想到，水葫芦下面是干爽的石滩，有很多已经打开的贝壳散落着。难道刚才海鸥吃的就是这吗？仔细一看，噢，是青口。

我再定睛往沙滩上那片水葫芦丛中一看，有很多青口半埋其中。抠出来一个，用石头一砸，是空的。再抠出来一个，这个感觉比较沉，贝壳的缝隙处还有海草缠着呢，一砸开，贝肉粉嫩嫩的，十分饱满。

我高兴坏了，感觉自己发现了新大陆。

旁边有个年轻的白人姑娘抱着一块冲浪板走过来，她把冲浪板放在水边，开始整理衣服。她是想要冲浪吗？水这么凉，风并不大，不像是能冲浪的样子啊。

我轻快地走回港口，闲闲地站着。妈妈们带着孩子来玩儿，叽叽喳喳地玩闹起来，不一会儿又走了。这里的沙滩感觉太过粗糙，无处下脚，孩子们待不住。

右边的海滩上为什么会有那么多黑乎乎的海菜呢？我再一看，那根本不是海菜，而是无数的青口挤挤挨挨地长在了一起，简直像是一片庄稼。

我惊呆了。从小在中国农村长大，我是很懂挖野菜、掏鸟蛋的人，却从来没有过这样可以随手捡拾丰富海货的经历。

任何吃食，在我看来都是要费力得到的。这样丰饶的海滩，对我来说，简直是不劳而获啊。可是，如果这也是国家的财产，我来捡是不是又违法了呢？

我决定不去管那么多了，鬼鬼祟祟地蹲下，用力拔了十几个比较大的。我并没有立刻把它们拿走，随它们堆在那里，然后装作无所事事地站了一会儿，才到车里去拿塑料袋。

那个白人姑娘，这个时候已经收拾停当，把冲浪板放到海里，平平稳稳地划往远处去了。蓝天白云之下，她像个女侠一样飘然远去，令人赏心悦目。她在享受着大海，在享受运动和自由……

看看她，再看看我自己，只知道鼠目寸光地盯着海边那一堆黑乎乎的海货，一心想把它们弄回家去。说实话，有那么一瞬间，我真是自惭形秽，感觉自己十分猥琐。

可不管怎样，把那堆青口装进袋子拿回家，我还是挺得意的。

也许这下子，可以抵消擅自出门的“罪行”。

我跟叩叩说，可以煮一锅海鲜豆腐汤。

素来不爱吃豆腐的他大声抗议：“为什么是豆腐？”

唉，我还是太天真了。蒸锅里的美味暴露了我的行踪。

先生一向胃口极好，但这次却看都不看那些海鲜，批评我说，在非常时期，我把全家人都置于危险之中，我这样的行为简直是“罪大恶极”。

“不过，”他又大度地说，“也不是不让你去，等疫情过后跟你一起去。”

我心说：“哼，想得美！”

这是我平生唯一一次因为觅食成功而被骂，虽然他说的都有道理，可是有道理就对吗？

郁闷了半天，我躲进小屋装睡，心里却因为冒险成功而美滋滋的。

2020.4.2

四　我的花园里只有蒲公英在开放

这是我给世界的信
因为它从来不写信给我——
那是温柔崇高的存在
自然在把简单的信息诉说

——艾米莉·狄金森

一

长岛的春天是个慢脾气，早春很长很长，繁花似锦的日子在我的期待中“应该”是一步步近了。

最近，小鸟的鸣叫声不似前段时间热闹，估计是过了求偶期，都尘埃落定了。我家屋檐下的鸟窝已经搭建得非常稳固，搭窝用的那些青草都干了。窝里面总是静悄悄的，偶尔能听到一声轻轻的“咕咕”声，估计是相爱的鸟儿在说情话呢。

这种鸟像中国的麻雀那么大，但是更纤巧些，鸣叫声非常婉转、清丽。它们不像麻雀那样爱扎堆，只是一对对地在一起唱和，你飞我追，我飞你追。能无忧无虑地恋爱真好啊。

这段时间，雌鸟忙着孵蛋，一般是看不到的，雄鸟总是在对面的树顶上站着。早晨的时候，它会唱非常好听的歌，也许是怕正在孵蛋的太太感到寂寞吧。

有时候，鸟太太也会出来，两个人绝不飞远，就在门前的枝头翻飞追逐，煞是轻灵好看，只有我在担心，她出来玩儿这么久，窝里的蛋会不会凉掉？

指给叩叩看树尖上守护的雄鸟，他说："它很有派头啊，就好像这里都是它的领地。"

草坪上有杂草长出来，去年落下的松果和枯枝四处散落，需要花时间整理。叩叩负责捡树枝，我负责拔杂草。拔草可是个细活儿，要仔细辨认，还要把杂草连根拔掉，不然过几天又长出来了。

隔壁人家的小狗是个精神紧张的家伙，我一进后院它就开始汪汪叫，它以为我家的后院也是它的领地？或者是误以为我们想要入侵它家？这么糊涂的家伙，我给它起了个名字叫二蛋，"二"蛋，你懂的！

想起我们北京家里的狗狗男爵，那么乖巧安静，真想它啊。

叩叩嫌二蛋叫得聒噪，大吼一声："Shut up!"我赶紧嘘他："骂狗的时候要用中文，不然邻居听得懂！"

拥有水洼的那只鸟，又经常出现在草坪上。它要么是失恋了，要么就是太花心，还想再找一房太太。鸟儿的世界真是一个谜啊。

二

有个一直默默看我的文章并点赞的女友，昨天突然给我留言：“你后来到底有没有单独出去？水仙花到底挖到了吗？我都快急死了。”

我笑得眼泪都出来了，特别不好意思地告诉她，我因为受到了法律的“震慑”，以及儿女们苦口婆心的劝诫和先生的贴身监督，一直没有找到新的机会。

昨天午后，先生突然发出邀请：“我们出去兜风吧？不下车，就在路上开开，看看现在外边是什么情况。”

跟先生一起出去，我是要做正经人的，所以兴趣不大。不过，难得外出，还是去吧。

我们驱车出去没多远，就在路边看到一对华人老夫妇，戴着口罩往车那边走去，再一看，有辆车的保险杠都要掉了。我很诧异，在车这么少的地方，怎么会撞到。

路过我拾贝的地方时，我一言不发。谁叫你训我，好玩儿的事情我偏偏不告诉你。

随兴开到一片以前没去过的海滩，已经是黄昏了，海风吹过来凉凉的。天边的云很低，直压到地平线上，但是，就在那最下方，一轮金红的落日，把它炽热浓烈的光，染到了周围窄窄的云上，就好像绝境中的奋力一搏，坠落前的纵身一跃，令人动容。

旁边的车里坐着一位英俊忧郁的小伙子，他没有下车，静静地坐在车里看着落日，然后悄然离去。

我们又去到有水仙花的那个公园，我每看到一丛水仙就会说：

“你看看，多美啊！”“你看看，那边人家的水仙你真的以为是买的吗？”“都春天了，我的花园里唯一开的花是蒲公英，我不要面子的吗？”

先生听得大概要烦死了，可能也有点儿心软。天快黑了，人很少。我们在阔大的草坪上随意走来走去。

他说：“要不明天你来挖？”

我怕上当，笑眯眯地看着他。他说：“我帮你看着点。”

“你给我望风？”

“不是，我不怕警察抓你，我怕别人离你近了，有感染风险。”

“挖多了我也背不动。”

“什么？”他大声说，“你还打算挖到背不动为止？”

有的人就是这么不专业，没办法。

成功地把先生拉下水后，我心下窃喜。可是他胆子不够大，晚饭的时候把这个问题拿出来讨论，直接的结果是被啾啾和叩叩严厉地批判了一通。

我拍拍他的肩膀：“周先生，你总算是体会到了我被你批判的心情了。”

他反击道：“与你不同，我被批评得很快乐。”

我理解他的“嘴硬”，新手都这样。

三

昨天晚上跟妈妈视频通话。她脸色红润，声音洪亮，只是耳朵有点儿背了，听我说话需要妹妹在旁边解释。妈妈的样子看起来很精神，可她说一听到美国又有多少病例了，就担心得睡不着。又说看到我们，就放心了。

这次疫情，妈妈一直在湖北老家住着。我很担心她，现在反过来了。之前大妹妹说，不告诉老妈我们还在美国，就说已经回国了，免得她的闺蜜们议论的时候她会担心。小妹妹的想法不同，她让老妈通过视频看到我们都很好，这直接打消了她的疑虑。妈妈今年八十五岁了，历经沧桑，她的智慧足以让她处变不惊，做出正确的判断。所以，当我说要给她多订些米的时候，她笑了起来，是笑我杞人忧天吧。

还记得小时候在农村，常年吃的都是粗粮菜饭。有一次，妈妈站在厨房的大锅前，罕见地发表了“演讲”：“现在生活真是越来越好了，你看，我们吃净米饭的次数越来越多了。”

之所以一直记得这句话，大概是因为，我就是从那句话开始学会审视生活的吧。

看见夏日的天空
是诗，哪怕从未载入史中——
真正的诗无影踪——

——艾米莉·狄金森

2020.4.5

五　这是多么难得的一段时光

一

早饭后我照例是要喝一杯咖啡的。

我家生活朴素，但咖啡机却是顶级的。先生在吃的上面好像无所谓，但对于烟、酒、茶、咖啡却非常挑剔。他能接受差的，但若有更好的选择，他也不会为此吝惜钱。

人间四月天，外面繁花渐盛。阳光照在屋前，有些晃眼，但是暖洋洋的。我端着咖啡，在院子里闲坐。眼前是渐渐铺展开去的草地，左边粉色的垂丝海棠正次第盛开。远处有火车的鸣笛声传来，唤起人远行的遐想。

坐在花树下喝一杯咖啡，世事于我如浮云。

我在想，何其幸运，我是在这里度过这段惊慌失措的日子，而不是关在斗室里。在北京家里的时候，我总盼望着有一日可以在暖阳下，懒洋洋地喝杯咖啡，消磨一段无聊的时光。我现在不正是过着这样的时光吗？

一念至此，好像天地间清明了起来，心也松弛了。

二

现在，运动成了每天非常重要的内容。只要身体状况和天气情况允许，几乎每个下午，我要么是慢跑，要么是力量训练，几乎不间断。叩叩是个很有责任心的伙伴，有他的陪伴和监督，我才能坚持下来。

我若慢跑四公里，他则定要跑六公里。我跑两圈的时候必定会遇到他，那时候他已经三圈了。每次看到他轻松地超越我，我便会露出老母亲的微笑，一点儿都不忌妒。而他呢，一定会嘲笑我跑得太慢，跑姿太奇怪，我还是微笑，母爱就是这么“变态”。

跑完以后他会邀请我一起做放松拉伸，再做其他的训练。每次我只完成其中三分之一就气喘吁吁，然后便又成为他嘲笑和模仿的对象。

先生脚伤未愈，只能散步。他羡慕我们母子可以做伴，叹口气说：只能走路的人真是太孤单了。

不管怎样，运动的效果很明显，腰酸背痛，神清气爽，对于高蛋白食物有着异乎寻常的渴望。

我想，回国以后我可能又会想念这段日子，空气清新，运动起来非常便利。更重要的是，心情闲适，不被繁忙的日程追赶。对世界而言，这是一段令人难过的日子，但对我们微小的个体而言，唯一能做的就是“独善其身”，不给世界添乱。

三

客居国外，生活上的不便能够克服，最不能忍受的是没有书。多年以来看书成嗜，这次却只带了两本书出来，一本是蒋勋的《舍得，舍不得》，另一本是宗萨蒋扬钦哲仁波切的《八万四千问》。带第一本是因为它好读，有味儿；第二本是因为它耐读，有干货。

回想去年四月下旬，我们一行人去台湾游学。在诚品书店的台北敦南店，聆听蒋勋老师讲课。那个时节，台湾的白桐花开得正美，一朵朵精致鲜润的五瓣花落在地上，让人不忍心踏上去。

一头白发的蒋勋老师，不知什么时候进的书店，我们在咖啡座那里寻到他时，对座已经有热情的读者在找他攀谈。蒋勋老师眼睛明亮灵活，有着温暖的光。他笑说昨天眼睛还是红肿的，因着我们来了，今天就好了。

还记得讲课完毕送他出门，边走边聊到我家先生做的有关翻译尼采的工作，他认为价值甚巨。临上车前，他突然回过头，微笑着给了我一个结实的拥抱。

一同送行的小伙伴们羡慕得不得了。蒋老师是他们的男神呢！我笑说，淡定，淡定，再没有比这更纯洁的拥抱了！

什么时候可以再次出去游学呢？如果能在这里好好读书，好好写作，难道不也是一种游学吗？

四

“禁足”的生活于每个人其实都是一个挑战。因为它是一种自由的剥夺。这与自发的宅家有根本的不同。自由就是，你有那些权利，你可以不用，但你随时可以用；禁足则是，你失去了那些权利。

人的心情是最多变的，以前为生计奔波的时候，幻想着有一天“风住尘香花已尽，日晚倦梳头”，就是睡到自然醒，素面朝天，头发凌乱，赤脚在家里乱走，高热量食物可以不计后果地吃。

而今真的到了这个时候，却很想念那不得不整装待发的每一天，包括与同事因琐事而争论的快乐。

以前总是不懂什么叫活在当下，现在明白了，就是随遇而安。其中最重要的是“安”，尽快在新的境遇下保持内心的平静安宁，适应它，顺应它，择机改变它。

只要把自己准备好，保有重新投入生活的能力和勇气，那么，这就是一段难能可贵的闲暇时光。看来我要调整心态了。

最后附上很喜欢的海子的诗：

面朝大海，春暖花开

从明天起，做一个幸福的人
喂马、劈柴，周游世界
从明天起，关心粮食和蔬菜

我有一所房子，面朝大海，春暖花开

从明天起，和每一个亲人通信
告诉他们我的幸福
那幸福的闪电告诉我的
我将告诉每一个人

给每一条河每一座山取一个温暖的名字
陌生人，我也为你祝福
愿你有一个灿烂的前程
愿你有情人终成眷属
愿你在尘世获得幸福
我只愿面朝大海，春暖花开

2020.4.8

六　不能打败时间，就只能打败遗忘

一

今天的晚餐意外地丰富。

我中午就泡好了银耳和莲子，下午又把解冻的排骨也清洗干净，准备红烧，顺便还解冻了一盒三文鱼，这是给不吃肉的啾啾准备的。先生下楼来，看到了红薯和南瓜，主动把它们都蒸上了。于是，我们拥有了一顿朋友所谓的“海陆豪华大餐”。

现在难得这样好好整治一顿美食，自然是要晒给好朋友们看的。没有他们的羡慕忌妒恨，味道真的差很远！

好在虽然有好几样菜，但是因为大家都动手帮忙了，所以并不觉得累。餐桌上每个人都很开心，都做了一个可以让别人夸奖的菜。当然，叩叩是个例外，但因为他是唯一一个最热情纯粹的食客，加之没有作品“参赛”，所以他的点评最客观，成了最抢手的香饽饽。

大家都喜欢看他津津有味吃饭的样子，他也常得意扬扬地说：

“半大小子，吃垮老子！”丝毫不觉得其中有什么贬义。

这顿晚餐确实奢侈，因为疫情最严重的这段时间，我们不再去超市购物，家里的存货时多时少，所以我们有时候并不太知道自己晚餐可以吃到什么。

前几天，鸡蛋、牛奶、蔬菜都几乎告罄，我看着空荡荡的冰箱，失去了做饭的灵感。奇怪的是，食材不足的时候，特别想要做面食。比方说，如果做肉夹馍，那么只要有饼有肉就好。如果烙饼，有辣椒酱加几片火腿就够。不过做面食可真是太麻烦了，比炒菜炖肉麻烦多了，几乎把我累得半死，总是在发面、烙饼，虽然味道很好，但是营养不全面、花样不够多，让我很没有成就感。

家里的存货究竟是多还是少，主要取决于啾啾在网上抢单的运气如何。有时候，想要订购的大部分食材都有，那就非常幸运。而运气不好的时候，可能就没有人接单，或者只有很少几样东西买得到，至于究竟买到了什么，也只能在货送到的时候才知道。

朋友听说我们储备不足，及时送来了两大盒鸡蛋及其他吃食，解了燃眉之急。但不能总是麻烦别人，于是我就开始游荡在纽约华人的无数个买菜群里了。

终于成功下单了一次，我特别开心，因为买到了自己想要的小葱和能够长时间储存的大白菜等。我早早准备好了现金和小费，想要来一个无接触收货。可是两次都过了约定的送货时间，始终没有收到。听说是因为疫情太过严重，很多供货商都停止供货了，他们也没有东西可送。

前几天，晚上零点左右，两个孩子突然兴高采烈地跑来对我说，因为叩叩“加持”了一些幸运，成功抢单，买到了很多东西，过两天就可以送到了。我们都很开心。太想念新鲜美味的酸奶呀、蔬菜呀什么的了，这些原本在超市里满满当当的东西，现在都成了难得抢到的奢侈品。

其实听说超市里供应还是充足的，但是现在一个纽约州的感染人数比意大利整个国家的感染人数都多了，简直遍地都是患者，哪里敢去人堆里挤啊。我们心甘情愿地躲在自己的“孤岛”上，哪怕是忍饥挨饿。

二

早上，我透过窗户看见一个快递员，两只手各拿着几个购物纸袋朝我家门口走来，很快门铃就响了。我急得团团转，要不要戴口罩去接？要不要开门？手套在哪里？

啾啾也听到我在喊“Wait a minute”，她怕我处置不当，赶紧整理衣服往楼下冲。等她下楼的时候，我从窗户看到了快递员离开的背影。

啾啾说：“他就不应该按门铃，直接放门口就好。”我一开门，东西还真的是放在门口了。

我们现在既盼望着送货的快递来，又很害怕快递，对待每个快递包裹都像是对待一个定时炸弹。一般来说，先要拿消毒水对着外包装狂喷，过几个小时再把它取进来。然后要么是啾啾要么是先生把它打开放好。为什么不是我呢？他们一致认为我这个人缺乏逻辑性，脑回路比较清奇，如果有病毒，我肯定会弄得到处都是。

只有一次，一大早货就送来了。想着里面都是好吃的，我一时忘记了病毒这回事，迎着朝阳热情地冲着送货的华人微笑。他在我的笑容中一步步走来，眼看着要进门了，我突然想起来要保持社交距离，尴尬地指指门口让他放下。看着他脸上的笑容消失，我恨不得打自己一巴掌。这种先礼后兵的感觉真的好尴尬。

就这样，事后啾啾还一再问我：他离你多远，没有离得很近吧？有没有两米。然后拿着消毒水把门口的地面都喷了一通。现在我明白了，我这条命，简直就是啾啾给小心呵护下来的。

看来当一个别人眼中的无能儿，也是有好处的。

三

今天下午的状况很有趣。

作为一个著名的懒人，午饭后我真的很困。我已经写好了一篇文章，也排好了版，今天的主要工作就剩下做饭了。而要到晚上，还有好几个小时呢。

没有书看，电视上整天都是主持人在进行各种采访和辩论，聒噪得不行，还不如再睡一觉。

先生出去散步，突然回来了。他说，今天真是太奇怪了，路上没有一个人，只有一架直升机一直在我头上盘旋，莫不是已经下了宵禁令，禁止出门了？

我被吵醒了，说不可能啊，明明刚才斜对面的邻居还在门口打篮球呢。

啾啾穿着漂亮的粉色衣裤也出来了，她病了一阵儿，今天打算恢复锻炼。这个戏剧系的高才生，最喜欢生活中有戏剧性的瞬间。她说，会不会我出去散步的时候，直升机突然俯冲下来把我点杀了呢？

被他们说得好奇心大发，我决定出门看看，顺便慢跑。

下午五点左右，太阳西斜，光线把树影拉得很长，道路两旁整洁美丽的草坪，被分割成了一道道金黄与墨绿的长条，看起来很悦目。邻居家的几个孩子骑着童车结伴呼啸而行，时不时停下来笑闹成一团。

说好的直升机呢？说好的“宵禁”呢？

我开始慢跑了，真费劲，但也真自由，天大地大，想咋跑咋跑。若有人经过我就跑快一点儿，若累了就走一段，草地上有一只灰色的小野兔在安静地吃草，我索性停下来欣赏一会儿。

途中还迎面遇到啾啾，她边走边跳舞，笑容清朗，下午明亮的阳光从她背后照射过来，好像给她的身形勾了一个金边，非常可爱。

我想，这笑容，这光影，这平平无奇的日子里一个个平平无奇的瞬间，都是生命的珍宝啊。

四

有时候会想，当我很老的时候，回忆某一段时光，会忆起它的什么呢？

真的不知道。

儿时的岁月，曾经多么鲜活，如今回想起来，也只是几个画面、几个短句。至于个中许多滋味，都已遗忘殆尽。

每件曾令自己刻骨铭心的事情，经过时间的淘洗，最后也都随着雨打风吹去。

比方说初恋，还有什么比这重大的事件呢？多年以后相见也只是相视一笑。除非最极端的体验，大部分的经历，存留在记忆深处，越来越简化，越来越抽象、淡薄。

这一方面让我们解脱，让我们不被过去所重压。你可以轻装简行地一心一意向前走。

但另一方面，遗忘何尝不是对你曾经珍爱的一切的否定。

所以，一定要想办法对抗遗忘。那么，我就记下来所有这些庸常的细节，这些普通的一蔬一饭吧！

我们不能打败时间，就只能打败遗忘了。

2020.4.9

七　我也想给自己筑一个巢

一

消防车的呼啸声越来越近，最后竟然从我们家门口驶过，我估计得不错，是到门口这条路的尽头去调头了。我出去一看，它停在路口。原来是有邻居家报了火警。但是没有看到烟，估计火势不大。这样的大风天，如果有明火烧起来可就太危险了。

叩叩数了一下，大概有八辆大型消防车和小型警车。几个女性邻居一直在围观谈论。我对那户人家有点儿印象，他们上个周五才搬过来，我曾见过他们家的一个三四岁的小男孩，在活泼泼地骑车。他们搬来之前，我还在某个月黑风高夜从他们家的草地上搬回来两把椅子，那是前一个房主扔在那里不要的。

有几个消防员在往房子里拉水管，沉重的水管把正在开花的灌木压得东倒西歪。我看了心里替他们发愁：这样一通冲洗，接下来家里该多不容易收拾。他们一定是刚搬进来，还不太熟悉这所房子才会出状况的。

我看了一会儿就回来了。过了一会儿，看到一辆消防车又到这边来调头，估计是完成任务返回了。突然它的喇叭大声地响了一下，叩叩应声而叫：“唉哟，吓我一跳，以为是校车。”

啾啾哈哈大笑：“这个小孩儿就是这么怕上学！”

二

今天颇有点儿凄风苦雨的味道。

风大雨骤，夜里听来让人心惊胆战。仿佛这个世界在实施一个计划，打算整治一下谁家的房子。我不由得把整个住所的情况在脑子里过了一遍，想一想有什么漏洞，哪里有可能进水。突然想起叩叩的房间可能忘记关窗，男孩子容易贪凉。大着胆子到处检查了一遍，果然发现先生的书房和斜对面的窗户没有关。他是为了让烟味透出去吧。儿子的房间倒是关得严实，一派祥和。他在蒙眬睡意中问妈妈几点了，我说还早，接着睡。

听着雨拍打雨棚的声音，很担心窝里的小鸟受到伤害。担心的事情一多也就睡不着了，破例早起，看看鸟窝，好像还是老样子，就是湿漉漉的，不知它们能否挺过这场暴风雨？如果挺不过去，是不是要再生几枚蛋？我怕雨棚被风吹飞累及鸟窝，便又把它往回收了点儿。正在上网课的叩叩说：“你别把小鸟吓跑了。”

先生问：“小鸟还没有出生吗？”

我说：“如果出生了，鸟巢下面的地上会有很多白色的鸟粪。

现在地上还干净着呢！”

现在，这个鸟窝和未出生的鸟宝宝，已经成了我们生活的一部分，它们妥妥地待在那里，我们就安心。可是那个鸟巢真是搭得太简陋了，实在是让人不放心。

在暴风雨中，我们躲在家里仍觉得心情沉郁。突然想到那些奔波在外的医护和救援人员，这样恶劣的天气，增加了多少不便啊。我们只是看着每天急剧增加的数字都觉得压抑，他们面对那么多真实的病患和逝者，那么多的生离死别，心情该何等沉重？选择这些职业的人，好像奉献、服务、慈悲和承担是他们已准备好经受的。当考验真的来临，他们有没有做好准备，勇敢直面呢？

三

这几天心情比较低落，写出来的文字自然也悲观了。有个从未谋面的朋友特意私信我：你是不是受冷落了？要不要我寄个“健康包”给你，这样你可以随时回国。

我特别感动。这样的体贴和温柔，只针对我一个人的心疼和在意，仿佛亲人一般。她让我觉得，这总也温暖不起来的长岛的春天，那个很难回归的遥远的家，那些也许很快也许很久才能再相聚的朋友，都真真切切地是我在这个世界上的一部分。

我们筑的巢并不只是房子，那些把你与世界联系起来的丝丝缕缕，那些让你欢笑和牵挂的一切，都是这个巢的一部分。由此，我们才能安住在这个世界上，无论游荡在哪里，都有根扎进大地。

四

不知为什么，最近突然很厌倦。

厌倦了去了解更多无聊的政治争斗，厌倦了永远在上升的可怕数字。更厌倦了这永无尽头的等待。最厌倦的是，总也听不到那些能让人超越与感动、有着大爱与大美的智慧声音。

以前总觉得会有一种声音，让人在黑暗里可以看到光，总有一部分人，让人感受到神圣与尊严的力量。可是，这段时间，在这样黑暗与艰难的时候，却没有一个能够感染心灵的动人声音出现。

裂痕在扩大成沟壑，敌意在慢慢侵蚀包容。

以前，我来美国旅行的时候，最喜欢的是走在纽约的大街上，看一张张迥然不同的面孔。肤色各异、发型也很少有重样的来自世界各地的人，生机勃勃地走在这仿佛没有国籍约束的大街上，有一种非常丰富的自由感。而现在，荒凉而空旷，焦虑而迷茫。

这次会有谁站出来，抚慰地球上这些迷途的羔羊呢，人们的心灵也需要筑个巢呀。哪怕是一首歌，几句诗，一段悲悯仁慈的话也好呀。

上帝早就说过：要有光！

2020.4.13

八　不解风情的家伙

我并没有去访问哪个学者，
我访问了一棵棵树，
访问了在附近一带也是稀有的林木，
它们或远远地耸立在牧场的中央，
或长在森林、沼泽的深处，
或在小山的顶上……

——梭罗

一

雨过天晴，阳光突然慷慨地倾泻下来。

地上的水洼映照着天上的云，像是一幅幅画。小鸟们乐坏了，在树上使劲儿地鸣叫。

很奇怪，在北京的时候最熟悉的两样东西，一是乌鸦，二是柳絮，这里都没有见到。我见到的鸟儿体型都不太大，有好几种的胸腹部都有橙红色，鸣叫声也很不同。在它们的样貌和鸣叫声之间，我是对不上号的。我只知道，它们看起来很好看，叫起来好听，这就足够了。

暴风雨过后，院子里的地上落满了细小的松针和断落的枯枝。啾啾拉开门深呼吸一口，说空气太新鲜了。她踩着湿漉漉的地出去，很快一脸坏笑地回来，拉长声音说："哦呜，妈妈晒的南瓜子在地上了，喂小鸟的面包也在地上啦……"

前几天蒸了一块南瓜，味道十分甜美，我打算把它的子先晒干再种下去。没想到晚上忘记拿回来，现在四散在地。这里的小鸟看来不缺少吃食，没有一只过来啄食的。

待地上干燥一点儿，我拿出扫把来清扫。眼睛一花，有只小蜜蜂被我扫进了箕中。再扫两下，发现它从里面跌跌撞撞地爬了出来。我绕过它，继续扫。没想到过一会儿又扫到它，它是晕了头吗？

叩叩听说有小蜜蜂，特别兴奋地过来看，说它的翅膀好像是歪的。我说它可能受伤了，把它放草丛里去吧。仔细看看，它的尾部并没有针，但它挣扎着不让我碰它，我想要徒手轻捏起它，叩叩吓得叫起来。

怎么办呢？刚好旁边有一朵新落下的海棠花，我把花放在小蜜蜂的眼前，它一头扎了进去。我连花带蜜蜂一起放到了草丛里。

叩叩说："它会不会在草丛里被蚂蚁吃掉？没有刺了是不是只能活一天了？"

我说："如果让它待在水泥地上，很快就会脱水而死。草丛里有很多落花，也比较潮湿，活下来的可能性要大一些。说不定它是因为太年轻，还没有长出针来呢？"

叩叩这才放心回到屋里了。

院子里的三棵垂丝海棠，现在开得十分热烈，院子正中的那一棵，形状被修成了花冠（corolla）的形状，可是我不想叫它花冠，我说它像是"华盖"，虽然后者显得无聊多了，但是至少跟病毒的距离远一些。听说，科罗娜啤酒（Corona）公司停产了，那丰田的卡罗拉汽车（Corolla）命运如何呢？

我从来没有想到过自己会拥有一棵这样美丽的花树，纯正娇艳的粉红色，绚烂浓烈，像丰满的美丽少女。

真正的绝色就是，无论在任何状态下，它都有一种不同的动人之处。这棵花树就是这样，清晨、黄昏或是风雨中，它都俏生生地美给你看，即使暮色四合，它好像也能发出光来，让你不由自主地看到它。这样的绝色，让你觉得不伴它左右简直就是暴殄天物。

那只守护着鸟巢的鸟爸爸又在枝头迎风而立。一只灰色的麻雀在低处的枝杈上跳来跳去。

我正仔细打量它跟中国的麻雀有没有相似之处，却见它一低头就啄下一朵粉色的小花，在嘴上含了一下，看看我，一扭头给扔地上了，随后眨眼之间又这么干了一次。

我差点儿冲过去对着它大叫："嗨，你干什么呢？"

真是不解风情的家伙！

二

我对于花园有点儿痴迷。累了的时候，常常会翻出来一些美丽的花园照片，逐个看一遍，就又有了劲头。

最喜欢的花园在意大利，一座由古城废墟改建而成的“宁芙花园”。有段时间，我把它的美照设为电脑桌面，每天“色迷迷”地对着看。听说它一年只开放几个月，若想参观还要预约。

即使在小区里散步，我也时常会落下同伴很远，因为我喜欢东看西看。这里家家的花园都有自己的特色，每个季节、每个时段，都有非常不同的风景。但是不得不说，虽然都有匠心，却没有一家令人惊艳。

我认为真正的美丽花园一定会考虑到以下几点，一是花卉的色彩搭配，二是不能有被忽略的季节，三是视觉上要有合理的层次，四是把人为的痕迹尽可能掩藏起来。

所以，那看起来随意杂乱，实际上用心良苦的花园，真的只有很了解植物，同时美学上有高超直觉的人才能打造出来。

记得去年秋天在北京的一个公园里，有很多很多的盆栽花奢侈地摆成一个造型，其色彩搭配令我极度遗憾。虽然大自然的每个颜色都是美的，但那简直是人为的“车祸现场”啊。当时拍了一张照片，我现在都没有勇气拿出来再看。

不过实话实说，中国的古典园林还是很美的，尤其是颐和园，那是令人魂牵梦萦的美学杰作。待我回京以后，赶紧去重温一下。

我这个谜一样的小花园，谜底也在慢慢揭开。

嗯，现在可以确认，我最爱的绣球花确实早已环种在四周，现在已经绽出壮实的新叶，很多宿根植物也萌出地面。而那棵把树枝怼到我洗碗池窗户的植物，竟然是我特别喜欢的日本红枫！财迷如我，可是知道它在中国的价钱的，这样粗壮，树型又美，至少要卖十万八万吧。

想到这点，从它发芽的那天起，我看它的眼神一天比一天深情。

2020.4.14

九　你一定要东张西望

自然将我们置于自由不拘的世界里，

而我们却自缚于一定的狭口。

——蒙田

一

接连几天都是晴天，但是风大，气温低。我常常去看北京的天气预报，知晓那边的气温都在25摄氏度左右了，心里很羡慕。那样的气温才有可能穿得轻薄美丽，才像是与冬天告别。我太喜欢“轻薄”这个词了，如果不穿得轻薄，又怎样轻薄呢？

这么漫长的一个冬天，我早已忘记了户外的温暖是什么感觉。

不过，如果捂得暖暖的，出去散步也还是一件愉快的事，更是一天生活的亮点。在这里我养成了抬头看天的习惯，因为这里的天空绝不单调，总有姿态各异的云。有时候，风那么大，可是天上白白胖胖的云却一动不动，就好像这风只在地上吹，云只是它的观众。

晚上看星星就更是以往不可多得的享受了。天还没有全黑，天空正中就闪着一颗极亮的星，我们在漆黑的路上散步，星星越走越多，让我们越走越有发现的乐趣。

可惜的是，我们都是“星盲”，什么星座、星星的名字都不知道，只能说：那里有好多，这颗真亮！无知得有点儿可怜。

这也不奇怪，毕竟以前这星空对于我们来说等于不存在。

天黑以后，这里的人都不出门的。街道两旁没有路灯，空旷漆黑，只我们一家人在路上说说笑笑。偶尔会有人出来遛狗，狗主人手里拿着户外的灯，给自己也给狗照个亮，却使那黑暗显得更远、更深。保持距离擦肩而过的时候，我总是使劲儿打量人家的狗。

唉，我多么想念我的狗狗男爵呀，想念它明亮聪明的眼睛，想念它身上无论如何都洗不掉的臭臭的气味，想念抱它入怀时它的体温……好几个月过去了，不知道它还记得我吗?

春意渐浓，打理花园的人家越来越多了，散步的时候满耳都是机器的噪音。不过，这噪音并不令人讨厌。只要看到长长的拖车停在路边，就知道是谁家请了景观公司。我虽然好奇，但也不好意思定定地站在那里看人家干活，只能是略走慢一些，悄悄地偷师。

这里整理落叶什么的，可不像是在国内，拿个耙子搂来搂去。在这儿，工人会背着一个大大的吹风机，对着灌木丛一吹，陈年的落叶就悉数吹了出来，草坪也用同样的办法。最后再把所有的叶子都往一个方向吹，堆在一起就很好处理了。

先生现在明令我不能跟外人接触，那花园里的活儿怎么办呢？他说，自己买个割草机是不是就行了？你要是不愿意，我来割。

若是以前，在我建造的那个花园里，从早春开始，我就已经忙个不停了，割草、种树、剪枝，都是我的乐事。但在这里，我有点儿无从下手。

这个花园里的水电线路是怎么分布的，我一概不知。现在连水龙头怎么打开我都不知道呢。而且整理花园可不仅仅是割草，灌木的修剪、草坪的养护、废物的处理，我们都不熟悉。第一次，必须请景观公司来做。

他沉默了一下，说那还是等过了这段时间吧。

我宽慰他，这个花园是个不需要很多养护的花园，等一段时间没问题。

草坪上偶尔有灰色的野兔来吃草，虽然是一伙的，但从来都是东一个西一个地各自吃各自的。它们不怕人，但也绝不与人亲近。我幻想着，如果自己多养几只兔子，是不是可以省下一台割草机的钱呢？

不行不行，我可能会爱上它们，然后等将来回国的时候就会有各种不舍，岂不是自找麻烦？还不如买割草机呢，虽然很吵，但有另一种清静。

二

如果不找些乐子，隔离生活可能就形同牢狱之灾。家里有个能跑善跳的十三岁少年，我要想办法让生活多些色彩。

此前，叩叩经常跟他六叔一起去爬山。附近有一座州立森林公园，就在海边，是附近的人们常去锻炼的地方。

那段时间，每天下午都会有一辆军绿色的皮卡停到我家门口，那就是他六叔来了。“叩叩，吆西！”正百无聊赖的小叩听到这句话，便立刻从椅子上弹起来，大喊一声“吆西”，冲出家门。

每次叩叩被送回来的时候，我们都会听到他六叔的控诉：“这小子真是太气人，他简直能跑死你！”

叩叩做出云淡风轻的样子，毫不理会，回头却得意地对我说：“六叔有时候还故意抄近路，但那也追不上我。在绝对的实力面前，任何计谋都是无效的。”这种互怼俨然成了他们叔侄的一种交流方式。

不过，等我跟他们一起爬过一次山之后，我也很想控诉叩叩。

山上的路不好走，大树盘根错节，道路曲折起伏，上上下下殊为不易，背阴的地方还常有湿滑的苔藓。叩叩在前面像只小鹿一样轻巧地又跑又跳，我只追了五十米，就觉得心脏要从胸口跳出来，扶着树喘了好半天。相比之下，他六叔已经很厉害了。

在绝对的实力面前，我连计谋都已经没有力气去想，俯首认输是最好的出路。示弱本来就是我的求生之道。那我就退出比赛，慢慢地游荡看风景吧。

有个朋友说过，她特别喜欢这里的自然环境，既保持了原始风貌，又经过了精心的打理。这句话总结得非常准确。

隔着疏密不一的树林，可以看见不远处蔚蓝色的大海。这是大西洋中的一个小小的海湾，时常风平浪静。林间偶有民居坐落。森林里的民居，能遥看大海，道路水电一样不差，园林精致舒适，是不折不扣的豪宅。

“采菊东篱下，悠然见南山”，在这里并不是一个无法触及的梦。

林下覆着厚厚的落叶，不惧寒冷的野葱，从落叶中倔强地探出头来，东一丛西一丛，比我后院里的壮实太多了。我挑挑拣拣，只掐了些最粗大的茎叶，打算晚上放进汤里。山坳里丛生的荆棘，细看全是野生蔷薇，等到春天鲜花盛开的时节，这里不知道要美成什么样，到时候一定要记得来看。

走走停停，东张西望，原本比赛式的爬山，终于变成了愉快的远行。

2020.4.17

十　最近想得最多的事

归去来兮，田园将芜胡不归？

——陶渊明

一

今天聊起回北京的事，又开始惆怅起来。

有一次，好友郭亮发来一张照片，案头的玻璃杯里插了一枝西府海棠，一下子勾起了我们思乡之情。

我不是北京人，但北京是我生活居住时间最长的地方，我懂得欣赏花、种花都是从北京开始的，最熟悉的也是那些适合北方生长的植物。

每年春天，玉兰、迎春花、连翘率先报春，一丛丛、一片片，即使在夜晚也能远远地看到它们的光芒。然后是杏花、桃花、樱花，等等。再然后，我特别喜爱的西府海棠就开放了，继而是紫色的丁香，像一瓶巨大的香水，把整个世界都笼罩在它独特的香氛中。

每次行走在陶然亭的公园里，或是驱车在南二环，看着路边灿烂的花带，我总想，世界上怎么会有这么令人愉快的事情呢？

所有这些，今年我都错过了。现在，樱桃已经结果，杏花落了，青杏也已经长出。等我们夏天回去（真不敢想象），丁香、海棠也都花落殆尽。北京的这个春天，我是完完全全地错过了。

我不知道，会不会错过我那棵杏树今年的果实；会不会错过那棵早熟的樱桃；还有我那株牡丹，据说是名品“赛雪塔”，现在也已经开得正好，又有谁在看它呢？

这段时间，我用得最多的词是“想念”。我知道自己是个不折不扣的恋家的人了。

忍不住跟朋友讨要了北京春天花开的照片，聊以自慰吧。

二

这几天，听到、看到太多辗转回国的故事，说实话，我既佩服又羡慕他们。佩服他们踏上险途的勇气，又羡慕他们能够回国。

我们在纽约待满三个月了。

机票被取消了两次，我已经不敢轻易买票，但仍然经常去网上看机票。原先看到五月份还有些可以中转回国的机票，心里暗暗盘算，转机的话，路程时间太长，路上不吃不喝三十几个小时，没有人受得了，还是直飞更好。我猜想到六月份，美国的疫情应该可以控制住，航班起飞的可能性会大一些。

我继续看票，发现从六月上旬开始，有美联航的飞机直飞北京。公务舱单价是 12 万人民币。想起我们被取消的第二张机票，公务舱才 2 万多，差别真是太大了。我们是无论如何也舍不得花这么多钱去买的。但是，美联航的经济舱我坐过，座位极为狭窄，我有一次单独从纽约飞回北京，一路被卡在座位上不能动，甚至不能弯腰拾起地上的东西。可能是因为血流不畅，回家以后头疼了一个星期，这是以前从未发生过的。先生已经七十多岁了，我可以给他买公务舱，我和孩子们买经济舱。可是那样的话，办理登机手续、候机都不在一起，他肯定不放心。那怎么办呢？

还在犹豫中，才几天工夫，美联航六月上半个月的票就全部售罄了。

三

前些日子，我被啾啾同学的妈妈拉进了一个群——留学亲友互助群。

进群的名额极为紧张，500 人的大群，好不容易空出来一个位置，她给我发了邀请，我刚好没看手机，就错过了。接下来不敢再马虎，认真地盯着手机，过了一段时间终于又有人退出，我赶紧进群，有一种找到组织的感觉。

听说这个群是中国在纽约的领事馆设立的，在美的留学生和家长们可以在里面及时了解相关信息，以守望相助，纾解忧虑。里面有位华人协会的理事长，一口地道的京腔，几乎每天都在群里发语音，告诉大家，现在在美国的疫情形势下该如何做决定，如何调适心理。众多家长从中获益良多，心情也不那么焦虑了。

后来听说可以解决包机问题，但是只有未成年的小留学生才有资格登记。我们当然不在此列。4 月 11 日那趟包机成行了，看到大家发来的照片，小留学生们有的还没有行李箱高，此时终于回到祖国，回到父母身边，我还是挺激动的。本以为这种形式的包机，可能会形成一种操作方式，没承想很久都没有等到第二班。大家都在议论，想着也许过了这段时间自会有其他解决方案，而我们在疫情处于白热化的时候出行，路上、机场感染的风险也很大，自然也就不作是想了。

去国时间越长，归国的心情就越是迫切。防护服、口罩、护目镜、手套，还有消毒液、纸巾、能量棒，我都已经准备好了。

“归去来兮，田园将芜胡不归？”

2020.4.19

十一　每个家庭都是不平凡的遇合

一

昨天夜里就开始下雨，早上雨虽然停了，但是风不时吹得窗户响动，外面修剪得圆圆胖胖的灌木都在摇动。

叩叩课间休息，不断地跟我说天气：

“妈妈，现在天空很亮了，雨停了！”

“现在地上快要干了，风也不太大。”

宅在家里的男孩子会注意天气，我知道他打的是什么主意。这几天他迷上了打羽毛球，可是长岛时常下雨，晴天又时常刮风，能够打球的日子实在不多。

他盼着今天天气能够转好呢。

“妈妈，也许过一会儿就可以出去打羽毛球了。”

他太无聊了，没有小伙伴，不能出去撒欢儿，爸爸的脚伤了，只能散步，让一个青春期男孩散步？那简直是一种伤害！哪怕是在绝美的晚霞中散步，叩叩也不喜欢。

他有一会儿不再说话，我看看外面就乐了：天空暗了下来，黑云浓重，在空中急速翻滚，看样子一场暴风雨免不了了。果然，不一会儿就又是打雷又是扯闪，大雨夹着小冰雹密密地砸在地上，也挺好看。

我怕鸟爸爸没有躲好，小声说：“鸟爸爸你一定要好好的，不然那孤儿寡母可怎么办呀？”

先生以为我咒他，大声冲我嚷嚷：“你在说什么！”

跟叩叩打羽毛球，最辛苦的是肚子。因为一直要笑不停，我总说腹肌快要笑出来六块了。

第一次打的时候，让他先发球。那天也是阴天，牛毛细雨，风时有时无。他兴致勃勃，努力尝试，可是无论用什么方式，球拍永远挨不到球。

我静静地站在那里，看着他与羽毛球搏斗，他不停地拾球、挥拍、拾球、挥拍，忙得不亦乐乎，满头大汗。我虽然站冷了，可是笑得头晕眼花。这样可爱又狼狈的场面，故意演都演不出来呢。他也不害臊，跟我一起笑。

不过，他进步神速。因为他身体灵活，移动速度快，上蹿下跳，我们很快就可以打上几个来回了。

他还是爱笑。球打到脑门上了，笑；球挂到树枝上了，笑；球拍砸到手了，疼得龇牙咧嘴，还是笑……

昨天他一早就拉着姐姐打球，为了找到避风的地方，从门口转到车库门外，不一会儿又到了草地上，最后在后院平台上打了一会儿，不，笑了一会儿。

笑是最消耗人的，笑完一场球，姐弟两个都睡了两个小时才恢复过来。

“妈妈，现在外面又亮起来了……”

我默默地看了眼窗外，心说，这场笑怕是躲不过了。

二

吃完晚饭，我又发了半盆面。冰箱里只剩下一袋面包，颜色很深，看起来又干又松，不像好吃的样子。如果我发了面，就可以烙一张松软白胖的饼，无论夹上什么都会很好吃，烙的时候如果多放一点儿油，那空口吃都很香。

我这么一说，正在把碗碟往洗碗机里收拾的叩叩满口赞同：“好呀好呀！”

根据约定，叩叩负责拖地和把碗碟放进洗碗机。他喜欢管洗碗的事，总是逃避拖地，但偶尔也有责任心爆棚的时候。记得有一天，他把家里的地都拖了一遍，虽然我当时唱了很多赞歌给他，但此后再没有发生过这样的情况。啾啾看不过眼，时常会替他拖地。

我现在做饭，很重要的一点是给叩叩做。他正在长个子，运动量也很大，饮食上如果不注意，我担心他长不高。虽然去年一年长了十几厘米，可是最近一段时间好像没啥动静。

因为这个，我唠叨的功力日渐加深：你要早点睡，你要多喝牛奶，你今天还没有去外面晒太阳……

不知道叩叩怎么受得了婆婆妈妈的我，我自己都快受不了了。

虽然只有四口人，且除了叩叩都会做饭，但做饭仍然是一件时常令人心累的事。

啾啾不吃红肉，她常自己做饭。她订购了各种我看不懂的食材，各种形状，来自世界各地，有不同的风味。她常常做出让我们惊艳的好吃的饭菜，她爸爸尤其喜欢吃。

可我只有各种担忧。她吃得这样素，身体会不会受影响？她时常精力不济、疲倦，蛋白质的来源只有豆腐和鸡蛋，这哪里够呢？因为疫情影响，我们现在很难买到新鲜的鱼，有一天我烧了仅有的一条平鱼，她很爱吃。

趁她不注意，我总是会默默地端详她。如果她眼睛发亮，气色红润，我就很放心；倘若哪天眼睛无神，蔫头耷脑，我就马上回想她吃了什么，是不是有问题。

我并不觉得这是可怜天下父母心，对于父母来说这是最自然不过的事，不让做才难受。

先生吃什么，我不用太发愁。他每天要吃很多次东西，让我佩服得不得了。常常是这样，我正在做饭，他突然出现在厨房，开始从冰箱里拿出各种存货，也不作声，一样样地热好，坐下就开始吃。我会觉得很困惑：他吃都吃了，这饭是做还是不做呢？

不过，他胃口好，过一会儿叫吃饭，他还是会愉快地坐下来，只是吃得不多。这样的好处是，又会有剩下的饭菜，等会儿他可以再吃。有这样耐受的肠胃，真是好福气。

中午啾啾做饭，她做的拌面看起来很棒。我强烈要求也要吃，于是她又给我和叩叩各做了一份。麻辣味的拉面，上面还趴着一枚漂亮的煎蛋，好吃极了。

我们吃得正香，先生拎着茶壶下楼了，羡慕地说："有我的吗？"

啾啾抱歉地说："调料不够了，只能做这么多。"

我说："把我的分给你一半儿吧？"

他不搭理我，却转身对埋头大吃的叩叩说："我从来不吃人剩饭，除了叩叩的。"

叩叩抬起头，面无表情地说："我是应该高兴还是不高兴？我咋觉得你是在骂我呢？从来不吃'人'剩饭，你却说要吃我的？"

三

啾啾从楼上下来，大声感慨："哎呀，我们家真有意思啊，看你们一人一台电脑，爸爸也在房间里工作。"

听见我在抽鼻子，她吃惊地问："妈妈你怎么了？"

我不好意思地说："看书呢，太感动了。"

我正在重读《我们仨》。读到刚开始的部分，杨绛先生写到他们一家人在古驿道上失散了，女儿走了，先生也走了。她一个人孤零零地回到城里：

> 三里河寓所，曾是我的家，因为有我们仨。我们仨失散

了，家就没有了。剩下我一个人，又是老人，就好比日暮途穷的羁旅倦客；顾望徘徊，能不感叹“人生如梦”“如梦幻泡影”？

……

“我们仨”其实是最平凡不过的。谁家没有夫妻子女呢？至少有夫妻二人，添上子女，就成了我们三个或四个五个不等。只不过各家各个样儿罢了。

我们这个家，很朴素；我们三个人，很单纯。我们与世无求，与人无争，只求相聚在一起，相守在一起，各自做力所能及的事。碰到困难，锺书总和我一同承当，困难就不复困难；还有个阿瑗相伴相助，不论什么苦涩艰辛的事，都能变得甜润。我们稍有一点快乐，也会变得非常快乐。所以我们仨是不寻常的遇合。

我想，任何一个家庭，在这一世的遇合，都是无比珍贵的因缘。如果你不在乎，它就会散掉；但无论你多么不舍，最后还是一样会散掉。

这遇合像梦一样，短暂，不知真假。只有珍惜它，它才会向你显露那稍纵即逝的善、美与深长的意味，才能让你体会到“人间值得”。归根结底，过好平凡的每一天吧。

2020.4.22

十二　总算是播种了

一

约莫着算了下，都一个多月了，雨棚下的鸟窝里还是一片寂静。时常看到有小鸟闪电一样掠进窝里，或是飞掠出去，也不知道它是怎么做到不碰伤头的。鸟窝下面的地面始终是干干净净的。

今天看到朋友发来的照片，别人家树丛里有个用树枝搭建的鸟窝，鸟妈妈正在孵蛋。鸟妈妈出门的时候，朋友还悄悄去看了看鸟窝，里面有三只孔雀绿的精巧无比的蛋。

我看了好羡慕。我家屋檐下的鸟儿生的是什么颜色的蛋呢？也是三只吗？趴在那里的鸟妈妈，我还没有仔细看过她的模样呢，只知道她个头不大，胸腹是艳丽的橙红色，活泼得像个精灵。

而且她还有脾气呢，前天我跟叩叩在后院打球，可能是吵到她了，他们夫妇竟然在枝头好生地一阵聒噪，连我们不懂鸟语的人，都听出了其中的愤怒，吓得我们赶紧回屋，把后院还给它们。

听说，如果鸟儿今年在这里繁育成功，之后它们便会年年都来。今年实在是太重要了，所以我们的娱乐活动一定要为它们的生育大计让路。

可是，至今还没有见到鸟宝宝，它们是不是假孕呢？这么重大的事情是不能开玩笑的，肯定是我想多了。

二

天色阴阴的，无风无雨也无阳光，倒生出一种宁静的氛围来。

刚起床，我还在洗漱，叩叩就冲了进来："妈妈，你的梦想实现了！"

我吓了一跳，这是什么意思？不可能啊，我的梦想没人知道！

他兴奋地说："后院来了一只兔子，它就站在门外，不走了。你快去看。"

匆匆下楼，外面什么也没有。我的"梦想"已经悄悄地走了。听说是一只很大的"梦想"呢，跟我平时看到的不一样。

我只好悻悻然去后院视察领地。围墙下的覆盖层好多地方都被掀了起来，难道又是浣熊干的？最近它们好像对草坪没了兴趣，注意力转向了植物根部。它们的菜谱难道也根据季节进行调整？

绣球的叶子长得不错，但是枯枝很多。我左右也无事，就一根根地把它们拔除，这样已经发芽的那些枝干就可以有更大的空间。打理中不小心误折了一根尚有绿意的，真是心疼，赶紧把它藏在底下，以免先生发现，虽然他根本不会来看。南瓜子晾在碗里好多天了，我把碗放在暖气片旁边，南瓜子干得很透，表面起了一层透明的膜。外面桌子上剩的几粒被雨水淋湿又晒干，有好几个来回了，我一直懒得管。

我每天心浮气躁，连以前最爱的种菜，在这里也提不起兴趣。但今天好像不太一样。我在花园里认真察看哪些地方可以种点啥。后院的植物搭配显然经过了认真设计，草坪仔细地铺到了每个角落。倘若我要种菜，就需要铲掉一部分草坪。

我有点儿舍不得。再说，我们并无在这里长久待下去的打算，也许哪天买到了机票，很快就回国了。那种的菜怎么办呢?

南瓜好像不一样。只需要有个适当的地方，把种子播进去，待它长出来以后，把瓜藤引向高处即可，并不会占用太多的空间。长岛雨水丰沛，即使没有人浇水也不至于干枯，而结了南瓜可以请朋友自己来摘了吃。

想到这里，我往口袋里揣了一把南瓜子，扛起崭新的铁锹，在树木稀疏阳光充足的几个地方，浅浅地把南瓜子种下去，再薄薄地覆上一层土。几乎每一锹下去，都会翻出胖胖的蚯蚓来，我明白了，这就是浣熊反复来访的目的。

突然想到为什么不愿意在这里种点什么了，因为播种是一种象征呀，意味着安居和认可，意味着你把对未来的期待留在了这片土地上，你打算要陪伴它了。

可我，心里仍然挂念着远在万里之外的蜗居，我还做不到把整个的心都安放在这里。所以，我并没有在播种的地方做记号，它们能不能出芽，好像我并不是那么在意。不过，也许它们破土而出的时候，我会有不同的想法吧。

三

很多天不真正外出了。偶尔出去取团购的菜，行驶在几无一人的街道上，感觉比在家里待着还要寂寞。这种不正常的空旷，有一种不真实的诡异感。

令人感到安慰的是，现在大家在外面行走，基本上都戴口罩。前天黄昏，我们去了海边，风很大，海滩上只有一对恋人，就连他们也戴着口罩。在一个公园的门口，甚至有警车堵门，开始限流。这都是以前没有过的事。

在这么高的感染数据、这么高的死亡率面前，热爱自由、喜欢放飞自我的人们终于产生了畏惧之心。

由此我才看到了疫情结束的曙光。

在我写下这些文字时，先生偶尔像检查工作一样翻看，也时常鼓励我。见我总是想家，就说："你好好写，说不定写到第五十篇的时候，就可以回家了。"

我忍不住尖叫起来，把手边的一张纸扔向了他。这个家伙时常会乌鸦嘴，万一这次说中了可怎么办？

该打！

2020.4.23

十三　每一扇窗户

一

在家里走来走去，从任何一个窗户看出去，感觉都是一幅画。有多少扇窗户，就有多少幅画。而且每一幅画都不一样，即使同一扇窗户，在不同的天气和不同的光线下，也是不一样的画。

有的窗户看出去是碧绿的草坪，有的窗外是色彩浓烈的红枫，还有的窗外是高高的树梢，可以看到小鸟在那里放哨。最好看的是两扇窄窗，白天只能看见外面的灌木，但是一到晚上，邻居家的灯光照过来，树木的影子落在百叶窗上，便是一幅极美的水墨。倘若有风，那水墨就会摇动起来，别有一番无可言说的动人之处。

最让人心神不宁的，是洗碗池上面的那扇窗，窗外的红枫衬在远处的绿色树木上，风姿绰约。若恰好是阳光灿烂的日子，每片叶子都红得那么通透端正，叫人挪不开眼睛。我一边洗碗一边看风景，浪费了很多水是肯定的，但没有打碎一只碗碟，连我也觉得奇怪。

能设计出这样的窗外风景，设计师一定很懂生活，也很体恤主妇的心情。不管他是谁，我都心存感激。

做完家务，坐下来喝杯咖啡。望着外面的树和花，雨水在地上溅起小小的水花，我总是会发呆，也会感慨。

人生就是这样不可预料，我们猝不及防地被抛进了一段这样的时间，没有工作，没有压力，一家人周周全全地聚在一起，何其幸运！

与这幸运相比，所有的沉闷与无聊，甚至思乡，从长远来看，都是庸人自扰。

二

我常常觉得这段时间仿佛被定了格。一切都停顿下来，在等着一件大事完成。

长岛的春天真是不紧不慢，好像一个极有耐心的玩家，就是不把手里的牌轻易打完。差不多两个月了，气温始终不能真正升高。中午暖和一点儿，早晚还是要穿上厚外衣。好像春天这首乐曲，有一个过长的序曲。

这样的气候也有非常明显的好处，那就是已经盛开的花不容易败落。后院里的海棠，从浓艳的粉红，慢慢变成浅粉色，仍然结结实实地挂在枝头，像是永远都不会落了，让人莫名安心。不像北京，有时候西府海棠刚开，气温骤升，几天就落尽了，我曾经不知为此叹了多少气。

前院的灌木下面，突然长出来孤零零一棵郁金香，举着一个金红色的花苞，独自高贵地挺立着。我们猜它定是株野花，不知何时落在了这里，就生根发芽了。但这么高贵的花，我们怎么也无法把它跟野花联系到一起。

忽然发现，邻居家的灌木旁边竟然有两朵差不多的郁金香，我们看了又觉得有点儿不公平。叩叩说：“凭什么他们有两棵呢？”

尽管晚了些，天气还是不情不愿地偷偷地变暖了，尤其是今天，风和日丽，在我还没有拉开窗帘的时候，就已经被鸟儿们吵醒了。果然如啾啾所说，根本不用看，听小鸟的动静就知道天气如何了。

这么好的天气，四周却一片寂静。我和叩叩出去打羽毛球，不一会儿就灰溜溜地回来了。

前几天外面的机器轰鸣工作之后，前后左右的邻居家，草坪碧绿纯净，花圃整洁清新，只有我们家，前院的草坪上全是枯枝杂草，树下墙根堆着陈年的落叶，自己看了也忍不住脸红。真是没有比较就没有伤害。

啥也别说了，赶紧联系园艺公司吧。

三

我喜欢跟比我年轻的姑娘们交朋友，好在她们也不觉得与我有代沟。新年前夕，曾约着一众好友到我在北京的新空间去“暖房”，至今想来仍恍然若梦。

其实我并不擅长组织活动。一场活动有那么多细节，我常常顾头不顾尾，漏洞百出。记得当年我给杨绛先生做责编的时候，面对我的丢三落四，她曾无奈地说：“郭红啊，粗枝大叶！”我明知这是个缺点，但天性如此，做了很多努力也依然如故。

好在我的家人和朋友们总是想办法替我堵漏洞。

“暖房趴”那天，除了饭菜是我订的，其他的，如餐台摆放、灯光设计，甚至桌上的装饰品，以及大家告别时每人一份的礼品，全是朋友一手包揽的。本来是素素淡淡的清谈，最后变成了人人印象深刻的迎新欢聚。

还记得那晚大家告别时，外面正是北京的初雪，雪花在路灯下洋洋洒洒，慢慢铺满了路面。那时候的我们，都未曾料到会有这样一场疫情即将改变一切。

这么久没有回京，我很想念北京的好朋友们。美丽而体贴的好友伊姐带着娃，像回娘家一样，拎着吃的用的，替我去看望了我的家。看着她发来的照片，里面有我熟悉的胡同、熟悉的小区门口、家门口摆着的陶瓷小猫，以及我的小狗——她帮我使劲儿地疼爱了一番，我真是无比感动，那颗没有着落的心也因此踏实下来。

还有一位好友听说阿姨和狗狗在家里，也直接扑了过去。

我是一个浅薄的人，喜欢这样没有隔阂的表达，喜欢有这么多朋友可以想念，当然更喜欢他们也想念我。

吃晚饭的时候，先生听说朋友们去了我们北京的家，一向好客的他，每次来客人都会把好酒拿出来共饮的他，这次突然面露坏笑：

“尤利西斯远行归来以后，发现他的家里坐满了人，在那里吃吃喝喝，你知道他们是来干什么的吗？”

“干什么的？”

“那些人都是来追求他的老婆，逼她改嫁的呀。”

“你是不是希望发生点什么？”

“哈哈哈哈。”

2020.4.26

十四　怎么露馅的呢

一

突然来了一个艳阳天，身体里每个细胞都在喊：我要出去玩儿！

我开始张罗了，这样好的阳光，空气清新甜美，鲜花在风中轻摇，鸟儿在树上嬉闹。有些时光是不能辜负的，尤其是你心动的时候，必须赶紧走。

先到了海滨公园的朋友来电说，公园限流排长队，不要去了。我飞快地想了一下，前些日子曾经去看过落日的那个海滩一向人不多，我们去那里吧。

路过冷泉港，我们吓了一跳，道路两侧停满了车，树下的草坪上有很多家庭铺了野餐布，宝宝们在趔趄地走着笑着。

啾啾说，把车窗赶紧都摇上。先生已经开始后悔出来了。停车场上还好，车并不太多，从这里要步行一段路才能到那段海堤上。

我们小心地与往来行人保持距离，尽量避免“擦”肩而过。大家都戴着口罩，各式各样的。前面有一家人，带着两个孩子走得真慢啊，我们停下来，等他们走远再前行。

这段海堤大概有三四百米长，一侧是大海，另一侧是宁静的小海湾。海堤其实是填出来的，把对面的小岛与陆地连接了起来。海堤大概也有些年头，堤上零星的几棵树已经长得很高大了。我第一次跟叩叩来这里的时候，还停车去拾了好多漂亮的石头呢。

我最喜欢这里的开阔。放眼望去，四下茫茫，海风猎猎，所有的市井喧哗瞬间恍若隔世。

总有跑者衣着轻薄，迅捷地从身边闪过。堤上有大块嶙峋的怪石，显然是筑堤的材料。叩叩从学步开始就“不走寻常路”，看见这些怪石立刻兴奋起来，在上面跳跃腾挪。我紧随其后，几乎一步不落。这石头确实难走，你必须全神贯注，才能顺利前行。这段时间我又是跑步又是打球，体力有所提升，越玩儿越开心，不知不觉地就走到头了。

叩叩跳到地面，得意地对姐姐说：“妈妈这个野丫头，都没有我在这上面走得好。”

回到家，先生和啾啾觉得很不安。他们觉得这次出去人太多了，很危险。先生严肃地看着我，故意轻声说：“这段时间还是不要出去了，好吗？”

我茫然地看着他，为了息事宁人，嘴里不住地答应。每次出行回来后都有一个追责程序，责任人最后都一定是我。

二

不知怎么搞的，这几天叩叩和啾啾总是用戏谑的眼神看我。

啾啾在厨房里一边收拾，一边问："妈妈你小时候就是这么不靠谱吗？"

我哭笑不得："我怎么不靠谱了？我觉得我挺靠谱的呀。我认真工作，好好做饭，这难道还不靠谱吗？"

"可是你的思维很跳脱呀。我终于知道我的不靠谱是从哪里来的了。"

先生在一边补刀："思维跳脱就是不靠谱的根源。"

我无话可说，谁让我的逻辑思维能力不好呢，打嘴仗总是会输。不过，我觉得思维跳脱与不靠谱是两回事。思维跳脱是指不按常理出牌，有创造力，不靠谱是说不走寻常路。

好像又绕回去了。好吧，走自己不靠谱的路，让家人去说吧。

叩叩也来劲了。他一边吃着我做的排骨，一边说："妈妈你真的是个野丫头。"

"有这么说你妈的吗？"我端起妈妈的架子。

他才不怕："你真的是。"

"口说无凭，举例说明。"

"你在石头上跳着走，你打球的样子，你刚刚吃饭的样子，连你刚刚这么说话的样子，都像是个野丫头。"

他大概是说，我全方位是个野丫头吧。

真是欲加之罪，何患无辞。不过，如果没有这段时间一家人的亲密相处，我还真不知道在他们眼中，我原来是这个样子。我不讨厌当野丫头，甚至有点儿喜欢。

唯一难过的是，我打造了这么多年的知书达礼的知识女性形象，我打造的轻言细语、宽容有爱的慈母形象，终归都露了馅，没有瞒过他们。我感到有点儿奇怪，我小时候在乡野间长大，难道那时候打下的烙印至今仍然如此鲜明吗?

我得反思一下，究竟哪儿出岔子了呢?

三

从海堤回来，一家人先后都有些不舒服。叩叩头疼，先生头疼，接着是我。啾啾为了照顾我们，忙得不可开交，幸亏有她，我还可以窝在床上，认真地休养、吃药、发汗。

我蜷缩在小床上，从小窗看出去，只能看到草坪。又下雨了，远看过去草坪上像是覆了一层白纱。草地正中的水洼又出现了。那个水洼对小鸟有一种特殊的吸引力，只要它出现，就会成为鸟儿们的一个小小的中心，它们不惧雨淋，在旁边踱步觅食。草坪上好像有吃不完的东西，它们一直在啄啊啄。

草坪干燥的时候，我曾经仔细察看过，它们究竟在吃什么呢？我什么也没有发现，只知道水洼那里原来是个下水口，雨水来不及排走就会积起来，雨一停过几个小时就没了。会不会是被水一淹，地下泥土中的虫子出来透气了呢？草坪上是不是有很多蚯蚓爬出来了呢？

后院外面有一片宽阔的草地，物业总是把它修剪得整整齐齐，那里从来不像我家的草坪这样，是鸟儿的乐园。那么，我们要不要为了鸟儿任由花园荒芜下去呢？

在美与实用之间做选择，真是两难。

四

今天状态好了许多，出去散步，发现金黄的连翘花竟然还有很多挂在枝头，而玉兰花也还在盛放。

道路尽头有户人家，本来很不起眼，这几天突然有好几棵大树一起开花，瞬间化身最美豪宅。走出去老远，我还忍不住回头一看再看。

在我家前院，巨大的红枫在阳光下红得浓墨重彩，无比华丽。我前前后后地端详它，心里非常得意。草地有缺陷是可以修整的，但一棵美丽的大树可是时间的礼物。

我们的生活还会在这里延续一段时间。先生在航空公司预订了六月的机票，希望能够成行。

我不敢心存奢望，只能踏踏实实地构建生活。我订的篮球架快要到货了，还买了三层的蒸锅，甚至打听了在哪里能够买到小鸭小鸡。

我对自己说：不要着急！

雁别叫了，

从今天起，

我也是漂泊者啊！

——小林一茶

2020.4.28

十五　不一样的奢侈品

一

临近中午，我在大风中出去散步。

长岛的风已经温和起来了，虽然有力量，刮得树枝东摇西晃，但是吹在脸上仍然觉得有一些宜人。迎着风，抬起头，让短发在风中放肆地凌乱，好不痛快。

没有阳光，也没有下雨，乌云在空中急速赶路，像是义无反顾地奔赴一场远方的战争。我一路抬着头看呀看，好像从没有见过这么激荡的天空。那天空深处，也许真有天神在演绎他们自己的故事吧。

路上没有人，仍然有勇敢的鸟儿在枝头鸣叫，它们在风中牢牢地站在树上，紧紧夹着双翅，同时发出动听的歌声，一定比平时累得多。随着春深日暖，喜欢鸣叫的鸟儿好像换了一批。最初喜爱模仿汽车警报声的那批鸟儿，换成了嘀嘀嘀嘀叫的这种，叫声是那么清脆纤丽，让人听了心生温柔。

以前每年春天的清晨，我总是在布谷鸟的“布谷”声中醒来。

那时我心里总是非常满足，在北京这样拥挤的大都市，因为住得离公园近，每天听着布谷声醒来，真的很奢侈。

但是在这里，每天听着鸟儿们的大合唱，我只觉得好听，却没有那种幸福感。而且我也总是无法把不同的鸣叫声与各种鸟儿匹配起来，它们对于我是陌生的。我这才知道，在异国他乡，连鸟鸣都是乡愁的一部分。

随遇而安，并不只是身体的停留，只有身心俱安才是真正的安顿。身体留在这里，心却在远方，那么，眼前的一切总有一些东西是飘忽而隐匿的。

蒲公英在草地上开得非常热闹。讲究的人家，草地上是没有杂草的，视线亦无须在那里停留。但是转弯处那户人家，墙壁污秽，树木凌乱，偏偏他家的草地上最为热闹。蒲公英的黄花一片片地盛开，就好像镶满了金光闪闪的徽章，有一种野性恣意的繁华。

不过，不管有多少花在开，你都不可能有机会摘到毛茸茸的蒲公英，再嘟起嘴巴把它吹散。无时不在的风，早就抢走了这份可爱的工作，只留下一根根毛茸茸半透明的花茎，光秃秃地矗着，用来气人！

记得法国作家圣－埃克苏佩里在书中写过一个故事，他曾带着沙漠里的酋长去欧洲，当酋长看到瀑布的时候，久久不肯离去。别人催他该走了，他说，再等等，等水流完了就走。当听说这瀑布一直这样滔滔不绝时，他哭了，说你们的上帝对你们太好了！

我总觉得，长岛的上帝对这里的居民也太好了，这清新的空气，绵长的花季，都是无可替代的真正的奢侈品。我要是能把它们都搬回家就好了。

二

被风吹得晕头转向地回了家，我感觉自己成了一个新人。一直捂在家里的那股闷气，似乎也被风吹散了。再闻到家里做饭的味道，洗衣服的味道，心里也不烦。高高兴兴地做饭，高高兴兴地洗碗，心里好像有首歌在播放。

我喜欢出去游荡，也喜欢待在家里，最喜欢的是，一会儿游荡一会儿宅家，这样，我就整天都高高兴兴。可是这段时间，又是风又是雨，或者是被疫情吓得不敢出门，我对外面最平凡的风景都充满了渴望。

三

风这么大，我像个严苛的妈妈，还在一直唠叨："叩叩啊，你今天一定要跑步啊，这个星期你一次都没跑过呢。"

叩叩总是说："我会跑的，放心吧。我今天要跑九公里。"

我说的其实也不对，叩叩昨天还是跑了的。昨天有阵雨，天一直阴沉沉的，风时有时无。等我下午大睡一觉起来，天都快黑了。催他去跑步，他说："刚刚出去跑了，但是风很大，四处吹过来，跑不成啊。”

啾啾也说：“他是跑了的，我作证。”

我总不能天黑了还赶他出去跑，可他若不跑，这个星期原定的十八公里跑步量肯定完不成了。那需要发的一百块红包还不是由我来出？

所以我继续唠叨：“走吧，妈妈出去散步，你去跑步，要不然天黑啦。”

从去年秋天开始，我加入了一个朋友的跑步群，每个星期自己决定跑多少公里，一旦完不成，就要发个百元红包。别小看这个红包，它不仅仅是钱，它更是一个象征，证明了你是否自律，是不是个失败者。

每天看到其他群友的进度，倒也给了我很多跑步的动力。我发了好几次红包，发完以后就有点儿沮丧。不过，也总有机会抢到别人的红包。叩叩见我抢红包，很是羡慕，他自认为跑步很轻松，那么就只剩下抢红包的快乐了。

他央求了我多次，最后让他进了群，成了里面年龄最小的成员。他速度快，群里的大哥哥姐姐们总夸他是“风一样的少年”，他心里暗自得意。

不过，世界上哪有那么顺利的事，而跑步总是枯燥的。我这两个星期胯部旧伤复发，请假停跑，只剩下他一个人跑步，他就有点儿提不起兴趣了。

星期一，不着急跑；星期二，打羽毛球了；星期三，四面风……理由一个接着一个。不过，他是有自尊心的，也不想再听我唠叨，戴上姐姐那顶橘色的小帽，向风中冲去。

我追不上他，但他知道妈妈也在同样的道路上顶风行走，会感觉有个同伴。刚刚走了半圈儿，他已经追上来了，把帽子塞给我："风太大了，喘不上气来。以后我再也不在大风天跑步了。"

我建议说："你慢点儿跑，或者回到门口那条路上？"他摇摇头，艰难地跑走了，比平时慢很多。

"风一样的少年"终于被风给欺负了一把。

我一边在风中乱走，一边看着叩叩，幸灾乐祸，却不合时宜地想起徐志摩的诗：

> 我不知道风
> 是在哪一个方向吹——
> 我是在梦中，
> 甜美是梦里的光辉。
>
> 我不知道风
> 是在哪一个方向吹——
> ……

是啊，不只是我这样的芸芸众生，放眼世间又有谁真的知道呢？

2020.4.30

十六　把一所房子变成家

早上，我有种不祥的预感，不顾地上湿漉漉的，穿着拖鞋就出去了，看看屋檐下的鸟窝，再看看地面。地面上还是干干净净，上面也是一片安静。我琢磨了一下要不要站上桌子，伸手进鸟窝里掏一把，想想还是算了。

现在那鸟窝看起来基本上就是废墟的样子，草稀稀拉拉的，显然没有压实。花树上的鸟爸爸也不见了踪影，唉！

一想到今年没机会看到一排鹅黄的小嘴等着虫子吃的样子，我的心里一下子空落落的，相当难过。为什么会这样呢？是不是前些日子风太大，雨太大，漏了雨，让它们感觉这个窝选错了地方呢？除此之外还会有什么其他原因呢？

现在可好，小鸟一家搬走了，小鸡也没有买到。我甚至想，买只老母鸡来也行啊，就让她在我家抱窝，我整天好吃好喝伺候着。我特别喜欢看鸡妈妈领着一串小鸡散步的样子，还有她在保护小鸡时张着翅膀、大声咕咕叫着、凶巴巴的样子。我连给她吃什么、造个什么样的窝都大概想好了。可是，老母鸡也没有买到。

感觉我什么都没有了。

现在，我只剩下一个发芽的土豆可以栽到盆里，以及那几窝南瓜了，而南瓜都还没有发芽呢。

这个春天是多没意思啊。

你新到一个地方的时候，似乎一切都在排斥你，给你制造麻烦，让你的愿望没有那么容易实现。你不得不在最基本的问题上磕磕绊绊，据说这叫“磨合”。

磨合别的就算了，可为什么要拿一只小鸟的窝，几只小鸡来磨合呢？明明可以用其他的来代替嘛，更何况，此前别的也没少“磨合”我呀。

我们春节前来到美国，先生突然决定要住进之前买的房子过年。年夜饭是饺子，朋友们先是带我们去超市买东西，再是带着手艺和面粉，来一起热闹一下。等他们走了，我一个人收拾完厨房，独自在楼下静坐了一会儿，心里突然非常不安。

我一点儿也不了解这幢房子。地下室幽暗的角落里，有个隔音很好的录音间，我进去了一次就赶紧退了出来。夜里，先生因为节俭成了习惯，执意关闭了后院的灯，若有人从外面看进来，室内简直就像是一个明亮的舞台。我把每块窗帘都紧紧地闭合上，胆战心惊地仔细听外面有什么声音，越想越怕，越待越怕，几乎是逃到了楼上的卧室里。

先生其实也是不安的，管道里有滴答滴答的声音在响，他说那是某个已故作家的鬼魂在打字。可这房子的前任住户是至今仍然健在的桥梁设计师呀。

这个房子，这个地方，它不了解我们，想要吓唬吓唬新来的人。可是疫情这么严重，我们无处可去，吓唬我们也没用呀。

后来，它还有别的招数呢！有天早上，我醒来冷得不敢起床，以为自己生病了，鼓起勇气去地下室看看，锅炉一点儿声音也没有，原来它自己停了。明明前不久刚刚加满了油，可以用很久的，它为什么会停呢？打电话请了锅炉工，花了不少钱，可是过几天它又停了。这次我已经明白了怎么回事，不就是闹脾气嘛，没关系，轻轻地按住那个亮红灯的按钮几秒钟，锅炉就重启了。

再后来，这房子的警报系统据说也要重新确认。在这里，家家都有警报系统。据说这个系统是跟警察局相通的，如果有人侵入它就会响，警察局也会同时收到通知，警车瞬间即到。这么重要又拉风的东西，我当然想让它好好的。

警报公司也来了人，这位先生脸色红红，身材高高，脾气很好。他见我英语说得不太流利，怕我听不懂，就开始一个字一个字、很慢很慢地说给我听，手指还配合打着拍子。我盯着他翘起的颤动的嘴唇看了几秒，终于忍不住大笑起来。这样真的很不礼貌，可我实在是忍不住呀。

还有炉灶，也是个问题。这里的人家做饭都是用电。电炉的缺点是火不够旺，做中餐的话，没有那种热火朝天的气势，可是它一旦热起来，就会无声无息地热下去。用来炖汤的话，把温度调好即可，真是非常理想。我平生熬得最美味的腌笃鲜汤就是在这个炉灶上实现的。

可是就连它也会时不常地出点儿幺蛾子。有天夜里一点多钟，我还没有睡着，突然感觉有煳味，“腾”地跳下床冲到厨房。果然，整个厨房烟雾弥漫，我的一大锅美味的红烧肉，只剩下最上面的一层还没有变成炭，剩下的全完了。我立刻把火关了，再让锅慢慢地凉下来。因为处理得当，我的砂锅至今连一条裂缝都没有，可好用了。

听说这个房子还有一个化粪池。化粪池是什么东西呢？它会出什么状况？有段时间，我见着一个新朋友都会问：“你们家有化粪池吗？也有啊，太好了，我们都有化粪池！”

先生瞪我一眼，嫌我谈论的话题莫名其妙，其实我的本意是，如果别人家也有，那么等我家这个来折腾我的时候，就有人可以请教了。

好不容易房子又安全又温暖，约莫有了一点儿家的感觉，小鸟又搬走了。它们究竟要怎样才认可我们呢？

也许，它们早就识破了我们急着想要离开的心情，也不太高兴吧。以前居住在这里的那个家庭，孩子们在这里出生，长大，之后各自成家，父母老了便去住公寓了。他们每次过来取信件的时候，谈起在这里度过的时光，都会眼含泪花，让我们也跟着难过，仿佛都怪我们似的。

这个房子也在想念他们吗？

在这里住了将近四个月了，现在我不再害怕去地下室，那里的墙壁上有很多狂野的涂鸦和可爱的励志标语，满满都是这座房子陪伴孩子们成长的记忆，现在这些墙壁成了啾啾拍视频的理想背景。有时候，我会在下面仔细地搜寻，还真的找到过不少有用的东西，包括一套崭新的盘子，每个盘子的图案都不一样，像是圣诞节的礼物。啾啾找到一面很漂亮的大镜子，也不嫌它重，搬到了楼上自己的房间里。先生最幸运，他竟然找到了整整一箱的白葡萄酒，品质非常好，多亏了这箱酒，每天晚上他都可以惬意地喝上一杯，像以前在家里一样。

那么，这算是通过了考验吗？我仿佛看到这个房子微皱着眉，让人几乎察觉不到地轻轻点了下头：算是吧！

2020.5.1

十七 “浪”是每个人的宿命

如果你有慧根，

那么每棵树都是你的菩提；

如果你有慧眼，

那么最平淡的日常都将惊心动魄！

一

后院那棵高大的红枫，树荫下的地势略高，那里的草坪就比别的地方略干燥些。这两天气温总算是高于二十摄氏度了，一直盼着夏天的啾啾和我真是高兴坏了。她戴上墨镜、帽子在阳光下读书，远看像是一幅画。

我拿了一张瑜伽垫铺在树下，面朝空旷的草地，微闭上眼睛开始冥想。

当你闭上眼睛的时候，这个世界似乎是隐去了。它的色彩和形状消失了，它的阔大和幽深也消失了。现在的它，换了个形式呈现给你。不知是什么花的幽香浸透在风中，从四面八方围合过来，令人沉醉。这个世界的声音原来是那么丰富，远处的飞机声，近处的鸟鸣和虫语，此起彼伏，互不相让。沉默的树木和草叶似乎也不甘于做一个安静的配角，开始了它们的低语。

深沉地呼吸，单纯地只是呼吸，时间似乎失去了以往的刻度，自由地流逝。一些平时很少想的问题浮现，又消失；一些已经忘记的痛，在心上扎了一下也消失了。文字和词语飘荡着，冲撞着……把思绪从遥远的未知之地拉回来，睁开眼睛，有些东西似乎不一样了。可我知道，很快又会像往常一样。

但只要有过不一样，那就仍然是有一些不一样了。

二

大家都在议论一个非常成功的刚刚进入中年的男人出轨的绯闻，包括细节，包括他即将失去什么。如果他不是那么幸运，在这么年轻的时候就位高权重，恐怕没有人对他的故事感兴趣吧？

一个人来到这个世界上，一定都是想要过得尽可能精彩的。我们都喜欢听到、读到别人精彩的人生故事，但若让你去试试，恐怕大部分人都会患得患失，是要退缩的。所以，勇气与机会的关系是先有勇气，后有机会。

什么样的人生是精彩的呢？每个人的答案肯定都不一样，但也不会有太大的差别。

我很喜欢看一些突如其来或是峰回路转的故事，并不是因为它们的戏剧性，而是因为它们使命运的故事库更丰富了。

假设自己是造物主，你一定也不喜欢自己的所有作品都那么呆板沉闷，如果其中突然出来几个浪子，把局面搅得一团糟，你可能会一时心烦，但也会发现重建新秩序的机会和动力。

在这个大部分人都过着千篇一律的生活的世界上，独特就是最高的奖励。

我也很欣赏那些突然“浪”的人，以及令人大跌眼镜的五花八门的“浪”事。

“浪”是对自己能够触达的这个世界的边界的试探和认识，是对自己能够接受的边界的试探和认识。

“浪”就是改变，是不甘于原来的轨道，想要在新的道路上走走唱唱。“浪”当然是要付出代价的。

每个人都是要“浪”的，只不过是形式不同和迟早的问题。年轻时循规蹈矩的人，长大以后一定会补上这一课。有的人高调，处处留情；有的人闷骚，悄悄发微信，但实质上是一样的。

一个人开始“浪”了，我就知道，他想要突破一些什么，对于人生，他想要的更多一些。但如果一个人一直“浪”不停，我就知道，他再也突破不了，他被“浪”限制住了。他不但回不到原来的地方，也走不到更好的别处。真可惜。

古龙笔下的浪子们，醇酒美人，笑傲江湖。他们的“浪”是马不停蹄的寻找，是找不到家园的焦灼。他们的生活表面上是男人们的梦想，是每个男人对于英雄梦想的“意淫”，但在我看来，更像是一个个被放逐的噩梦。

江湖就是名利场，就是每个人的人生舞台，如果找不到自己的归宿，那么每个人的人生都只是一场短暂而忙碌的放逐。可能更惨，连醇酒美人都没有。

一个只能在不断的新鲜刺激中找寻存在感的人，就像一个嗜辣如命的人，没有最辣，只有更辣，最后必将交代在辣中。还有什么比这更微不足道吗?

三

多么单调而平静的日子，从旁观者的角度来看，就像童话一样，充满了一种理想的虚构般的色彩。

如果我们无法读出生活在所有的平淡中隐藏着的秘密含义，那就要安于这种生活。生活的表面下，也许本没有什么，你看到的就是它事实上有的。

可是，我们都知道，那毫无波澜的平淡下面，有时候会突然显露出一种意味深长。

关于这个世界的那些大的、与日常无关的抽象的问题，蛰伏着，沉默着，等待你的醒来。

你一定要安心地等待。

附一首北岛的诗：

醒来

我听见每一个早晨的醒来
阳光，击穿玻璃
喜欢行走在黑夜里的人，身上还残留着昨夜里
被灯光烧毁的气息

我喜欢提起你，在每一个出生
又死亡的梦中
我梦见的词语是水
你是水中一具
漂浮的尸体

在我床边漂浮的尸体
我喜欢你
我喜欢给你打扮
面对墙上，呼啸的镜子
我喜欢给你睡眠
在酒桶中，喝醉的梦里

我听见每一个早晨的醒来
阳光击穿玻璃
也击穿我

我听见每一个经过我的人
骨骼里发出痛苦的回声
好像有人
从早晨里醒来

2020.5.4

十八　迷人的青春期

一

现在，每当风和日丽，家里想要出去转转的人已经不止我一个了。天气好的时候，我故意什么也不说，就在家里闲闲地坐着，对着我的红枫喝杯咖啡。

我真的很忙，又要在树下打坐，还要戴上墨镜去外面乱晃，所以就算不让开车出去，我也过得有滋有味。

山下的小教堂虽然没人，我也已经独自去看过好几次了。教堂边上有棵大树，蒲公英都长在了树上，而且还在树上开出花来。这么无聊的细节我都注意到了，可见我游荡得多么认真仔细。

要是还不让出去玩儿，我打算把这个小区里的各种花树分门别类地统计一遍，再给各家的花园进行一番评比，打发时间的把戏我多着呢。

可是，有的人总是只在小区的路上散步，然后就是从楼上拎着小茶壶下楼续水，再上楼去继续写作，最多在下来的时候，绕到叩叩面前说“你现在在干什么呀”，随后不出意外地收获叩叩的一个大白眼。

我就不信他不想出去。

果然，先生笑嘻嘻地过来：“今天我们出去转转吧。”

“可是外面有病毒。”

“我们不下车。”

“那多没意思。”

“要不我们去曼哈顿转转？我想看看现在那里是什么样子了。”

“现在都下午了，我们去曼哈顿要一路向西，多晒啊，还是下次早点儿走吧。啾啾最好也去，她对那里熟悉。”

啾啾说：“我不去，我不去，看到那里变成空荡荡的样子，我可能会哭出来。”

先生知道我在使坏，不说话了。我赶紧往回找补：“附近转转？”

他欣然同意。

我心说，每个人都需要有台阶可下，对吧？

我们开车出去，我负责一切，先生负责监督我。

叩叩是个处于青春期的男孩子，最想要干的事就是“happy”一把。

一上车他就说：“太热了，把窗户开到最大。”还说：“妈妈，我们把窗户全开着，然后把音乐开到最大，怎么样？”

我想象了一下，一个面色憔悴的中年妇女，开着一辆红色的吉普，窗户大开，音乐大作，呼啸而过，真是太拉风、太惊世骇俗了。正犹豫呢，坐在后排的先生受不了前面所有的风都灌向他，叫了起来："太冷了，把窗户关上。"

叩叩不同意，说热死了。我赶紧和稀泥，把我的关上，让叩叩关小一点儿。叩叩生气了，他把窗户关得严严实实，不一会儿我们都汗流浃背。我只好默默地把窗户开大一点儿。

我们家这出戏呀，总是演得热热闹闹，就是作为观众有点儿心累。

几天后又是好天气，这次我强烈要求不带叩叩同行。总是要面对父子两个的"战争"，我这个唯一的观众压力太大。若只带其中一个，奇迹般的就都会很乖。

这个提议正中叩叩下怀，他像是被施了定身法，天天坐在桌前，哪里都不爱去。

上了车我问："去哪儿'浪'呢？"

先生威风十足："不许'浪'！"

我换了个词："游荡？还去上次的港口？很像悉尼那个？"

"换个地方也行。"

我打开手机地图，放大看了看，向着绿色最多，附近有水的地方，用手指一点："去这里！"

多有意思呀，每次要去的，都是从来没去过的地方。无论是沿途的风景还是目的地的模样，我们都一无所知，这才是真正的游荡。相比之下，那些做了精细攻略的旅游，简直是拾人牙慧，太没意思了。

二

叩叩进入青春期以后，最喜欢调侃的、家里最倒霉的人，首当其冲就是爸爸。这不，难得今天都起得早，一起吃早饭，他又开始了：

“爸爸，你还是个作家呢，可是你一点儿都不文绉绉。”

“我怎么不文绉绉了？”

“你从来都不说一个成语，上一次说成语都好几个星期以前了吧。”

“你心目中的作家是什么样的呢？”

“我哪儿知道？我又不认识几个作家。”

“那你觉得谁是文绉绉的呢？”

“你看书里写的那些人，说两句话就引一句诗什么的。”

“哈哈哈，那我确实不是文绉绉的。”

自从发现叩叩火力增强以后，先生果断选择装傻，以前那么敏感而自尊的人，被儿子的成长逼成了一个达观的、面对任何打击都始终保持微笑的哲学家。

见他屡败屡不战，我看热闹不嫌事大，故意说：“养儿防老啊。”

先生终于忍不住了，说：“什么防老，简直是要杀老。”

可是，这并不能阻止他每次下楼仍然绕到叩叩旁边，笑嘻嘻地问“你在干什么呀”，然后再收获一个大白眼。

三

叩叩总是坐在那里不动。

我说，叩叩呀，你别看古龙了，看多了也就那样。

他盯着电脑，同时一直在吹口哨，他已经吹了三天了，整天从早吹到晚。

刚开始我很高兴，他正在变声期，如果从早到晚唱歌，那可更要人命了。

于是，一个曲调从早吹到晚，而且还是我们都熟悉的一首英文歌。他吹的音准挺好，可是循环播放怎么受得了！他也不知道累。

我说，你别吹了，再这么吹下去我要疯了。他说，我怎么停不下来了呢？说完又继续吹。

基本上一天一首歌，一首歌一天……

四

那只黑色的小鸟叫得真难听，且不说它声音嘶哑，调子也没有，唯一有的是节奏感，就那么一直“嗨呀嗨呀嗨呀……”。它长得像是缩小版的乌鸦，黑黑瘦瘦的，站在高高的松树上，那架势，分明自以为玉树临风呢。

我忙了半天，好不容易抽空端着我的咖啡，在外面享受一会儿阳光，它就刚好来了，像是存心的。我听了十分钟，实在忍无可忍，到树下去使劲儿朝它拍掌，大声地吆喝，它却一点儿都不怕，还冲我叽叽两声，就像是大人不以为意地冲小孩子说：去！

我也没什么办法，想拾块石头扔上去，没找到。总不能跟一只鸟生气吧。让你待在上面叫去，我进屋了，不理你。

可是我刚进屋，外面的鸟鸣立刻换成了另一种悦耳的声音，看来那个家伙也走了。

真气人！

难不成这个家伙也是在青春期？

2020.5.7

十九　时间就是用来浪费的

你能在浪费时间中获得乐趣，就不是浪费时间。

——罗素

一

在路上独自走着的时候，我基本上不看脚下。脚下有什么可看的呢？不过是一条路，偶有起伏。有时候会有石子绊我一下，吓我一跳，我连踢它一脚都不想。人的一生总是有什么会绊着你的，你会因此而一直盯着绊你的事物吗？

同样是大地，远处有那么多东西可看。还有天空。

我双手插在兜里，大部分时候都仰着头。往上看真好，长岛的天空从来都不令人失望。白天有云，夜晚有星光和月亮，早晨应该有朝霞吧，这个我说不准，因为我从来没有早起过，而几乎每个不阴沉的黄昏都有壮丽的晚霞。

我走着走着，再转个身回头看看后边的天空。有时候，在天空的另一边，一弯新月静悄悄地悬在那里，像是一只善良的眼睛，含着亲切的微笑，早就在看着这个世界和我了。

有狂风的日子，天空没什么可看的，万里无云，只有无限深广的蓝。大海是敌不过天空的，天空在无云的时候，有一种不可言说的纯粹，仿佛能融化一切。而大海，有着太多的内容和承载，有着无限的动荡和波澜，在它过多的包容中，任何个体都是微小的。

迎面过来一个不认识的人，悄悄地打量我，大概很少见到有人可以一直仰着头吧。我用余光看到他，也看到茂密的大树的顶梢在风中摇动，花瓣在风中远去。还有鸟鸣，还有一抹灰尘和我的叹息，世间的一切都在风中远去，没有一丝痕迹。

世界广阔如斯，而有一扇门始终是为我开着的，这让人多么踏实。

二

这场大雪来得太突然了。

当时我正在路上慢跑，是那种真正的不好意思让别人知道速度的慢跑，只比走路快那么一点儿。跑的时候，一点儿也没有速度带来的快感，心里却自卑地反复想着：大概跟每天看到的那位佝偻着背、又高又瘦的老人一样慢吧？慢成这样，真不好意思跟迎面过来的人打招呼啊。

不过，再慢也是跑啊，那扑在脸上的风知道我在跑，路边草地上那只小兔子知道我在跑，如果我在散步的话，一定会停下来给它拍照的，所以它根本就没有躲起来。我发现，孩子跟野生动物差不多，都不喜欢拍照。拍到小兔子都比拍到小叩叩容易多了。叩叩小时候好可爱，可是拍他的照片永远像是狗仔的作品，因为都是偷拍的。

虽然一直在胡思乱想，可我真的感觉到了湿漉漉的冰凉。乌云在急速移动，并不是一整块，而是整个天空乌云密布。乌云的层次非常丰富，浅灰，深灰，交缠翻滚，像是热烈的情人。

扑到脸上的雨点越来越多，它们在我面前飞舞，天哪，竟然是雪花。

这是仲春时节，很多花开了又谢，更多的花红彤彤的，我们不是已经在树下野餐过了吗？天空才不管这个，它想下雪就下了。

雪越来越大。我想，风这么大，这雪一定是路过的，轻飘飘地就随风走了。我得赶紧拍下来，转着圈儿地拍。

要拐弯了，我知道那里是风口，每次拐过去总会格外冷一些。但这次不同，远远地看过去，却有一条雪龙呼啸着急速地冲过来，好像一个跑得太快的孩子，刹不住脚了，一直冲进了对面的森林。我想等这阵风过去，等雪龙走远再跑。可是，又有更大的一阵风雪过来，绵延不绝。

我衣着单薄，再这么等下去会冻坏的。我毫不犹豫地向着风雪冲了进去，每片雪花都带着力量开始缠绕、盘旋，我仿佛置身在旋涡中，甜美冰凉的雪花予人一种新鲜的喜悦。我感觉不到冷，却有一种久违的酣畅。

快到家了，远远地看到有人撑着伞站在雪里。我向着他跑去，尽可能的快，让人满脸通红的快。哈，果然是先生。他微笑着等在那里，伞上已经积了雪，一言不发地拍下我在雪中奔跑的样子，叩叩在窗内向我欢呼，仿佛我完成了多么伟大的壮举。

我进到家里，啾啾清亮的嗓音从厨房传出来：妈妈，姜汤马上就好。

这一刻，我真真切切地看到了家的模样。

三

前后左右的邻居家，草坪都打理得很漂亮，而我们后院的草则越来越深。

杜鹃花开了，我折了几枝插在花瓶里，餐桌一下子华美起来。

先生吃了一惊："啊，你怎么把我们家的花折了？"

我说："这是朝向外面开的，藏在角落里，看都看不到呢。"

人就是这样，好像自己家的花一定要开给自己看。可是，开花是植物自己的事，它是开给它自己的呀。人是多么狭隘而且自作多情啊。

我很爱惜植物，红枫高大美丽，每片叶子都精美无比，我到现在都舍不得剪一枝下来，总觉得，无论动了哪一枝，都会损伤它天然的完美，即使看不出来，但在那茂密的枝叶深处，已经有一个伤口存在了。

蒲公英开了又谢，谢了又开，我也从来没有舍得采下一朵来。哪怕是一朵野花，它的盛开也是在完成自己的生命，是它在谦卑地向广大的宇宙呈现自己的意义。我们帮不了它们什么，那就不要阻止这个过程吧。

草深了，有的草开始结子。远看过去草地的颜色略有斑驳。有只胖胖的野兔不知从什么时候起，每天都来吃草。它一定很懒，面对这么丰美充足的草叶，几乎是躺着在吃，而且只吃最嫩的草尖。

我远远地看着它，它也发现了我。它竖直了耳朵，但是故作镇定，嘴巴还在嚼，大大的眼珠不停地转动。

我看饱了，转身回屋，只走了一步，再回头去看，野兔已经不见了。

2020.5.10

二〇　温柔和棍棒都是束缚

一

当我们四个人，各自在桌前安静地坐着的时候，我满足于这种表面的平静。叩叩很可能在悄悄地玩儿游戏，上课或是看网络文学都只是一个幌子。

其实，他读网络小说，在先生看来也是不适合的，不应该长时间读那些没有营养的东西。但我觉得，只要他能沉浸在一种文字中，能够长时间地沉默并且愉快，那么他自然会从中找到属于自己的营养。

我觉得，孤独本身就是很大的好处。沉浸在另一个幻想的世界，或是沉浸在自己的想象当中，都是一种能力。长时间保持专注，更是难能可贵。有这种能力的人，一旦找到自己的兴趣，或是决心投入做一件事情，更有可能突飞猛进。

相比之下，我觉得一直紧盯着现实的眼前的利益才是可怕的。在不能随意外出的这段时间，没有丰富的社交和运动生活，不能沉浸在另一个世界的人，会觉得多么无聊啊。而我们这四个人，每天都忙着自己的事情，根本来不及无聊。当然，我还是想家，但一个人是可以又想家又过得有滋有味的，这两者并不冲突。

一种生活，倘若失去了它不现实的一面，那会是多么坚硬而又乏味；一段时间，如果只是蝇营狗苟，便不亚于猪在泥汤里打滚，即使有快感，也终究缺少了一些美感，一种令人心向往之的理想色彩。

美又是什么东西呢？理想色彩又是什么呢？

我想，对于在柴米油盐中操劳一生的人，美大概是能得到的一种看似短暂实则终极的抚慰吧，至少对我来说是这样。

二

啾啾每天都有点儿忙，她把自己的时间安排得很充实。按预想，这段时间应该是她最开心、最忙碌的：春天来了，要穿得美丽而又独特，还有很多的演出和功课，刚好又是大学毕业，应该会有一个庄重的仪式，有很多好的事情要庆祝，很多朋友要道别，还有玫瑰色的未来可以幻想。

但是，现在她只能与我们一起困居在差不多是乡村的环境中，没有任何社交，见不到一个同龄的朋友。据说，今年的毕业生，都会在家里收到一顶邮寄来的学位帽，这真是令人万分沮丧的搪塞。

不过，她总是令我们惊奇。有时候，她一个人在地下室里鼓捣半天，然后突然放出一段很有感染力的舞蹈视频给我们看；有时候，她关上房门，说在上班当助教，让我们不要打扰，然后过段时间便会收到学校的支票。

她跟我们生活在一起，但又过着我们完全不了解的生活。而我，只要看到她脸色莹润、眼睛明亮就好，只要看到她精神奕奕、对生活充满兴趣就好。

但是，有谁能够对生活始终保有掌控力呢？何况她只是一个刚刚大学毕业的女孩子。幸得有家人的支持，她没有太多的经济压力，可是，她要追求的事业，我们完全没有概念。

一份朝九晚五的职业是生活稳定的基石，你可以像大多数人那样把命运纳入一个轨道。这样的生活好像是让我们这叶孤舟，在这个充满不确定的命运的大海上暂时得以安心的锚石。

而若要作为一个艺术家生存，则必然要承担无数的不确定。不确定下一份工作在哪里，不确定往哪个方向走，更不能确定自己的未来会是什么样的图景。

所以，我非常非常心疼她。我们无力为她阻挡任何一阵风，任何一个偶然。她要展开自己的命运，追求自己的梦想，就要承担随之而来的孤独。

亘古以来，父母能够为孩子做的是多么少啊。那些不相信这一点的父母，终归会被生活教训。孩子有自己独立的命运和人生，他们不会永远依附在我们的翅翼下，终归会找到一片天空去翱翔。我只能接受这一点，并且试着安心。

三

吃完早饭，我想出去散步，啾啾说她也去。我问要不要等她一起，她说，不用了，我们各自散步吧，这样，每个人都不用想着要跟另一个人聊天。

此言甚得吾心。

我一直很害怕那种非常紧密的家庭关系，每个人的一切都尽在另一个人的掌握之中，孩子都在父母的掌握之中。这样的控制，其实对双方都是一种约束和伤害。

限定别人的自由，是要用自己的一部分精力和时间作为交换的。除非你喜欢做狱卒。

四

孩子一长大，父母在他们面前便不知不觉地小心翼翼起来。那是面对自己非常亲近，但又不太了解的事物的一种小心翼翼。

而之前，父母本来是多么自信啊。他们觉得孩子差不多是自己在这个世界上最了解的对象。这种自信源自曾经日夜不停地守护和陪伴，源自对孩子每个动作和表情的准确解读，更源自孩子无条件的信任和依赖。

伴随着牙牙学语、独立行走、上学交友，然后是青春期逆反，离家求学，那个曾经的襁褓中的婴儿，慢慢长成了瘦削而灵活的少年。他眼中看到的，不再是家里的玩具和父母的怀抱，而是在面前无限铺展开来、时间上无穷延展的整个世界，生命对于他是幽深而广阔的神秘大陆，异彩纷呈又扑朔迷离，而家和父母只是他的一个微小而乏味的起点。

生命的成长，是一个不可知的过程。无数种偶然的因素，还有那摆脱不掉的基因和历史，一起向这个新生命争夺影响力，想要在他的身上打下自己的烙印，而最终是什么塑造了他，他的坚毅与脆弱，他的聪慧与愚笨，他的痴情与孟浪，以及他的局限和梦想呢?

无人可知! 这个无人能窥知其全貌的过程，多么令人敬畏啊!

面对这样的过程，父母能做的却少得可怜。他们只能把自己的担心和希冀放在一汤一水、一衣一帽，放在令人厌烦的唠叨和叮嘱中，他们把自己的世界收缩得越来越小，把孩子放得越来越大。

无论是温柔还是棍棒，对于正在努力向上的生命来说，都是束缚。他们像一棵棵树，想要触及天空，呼吸更高处的更新鲜的空气。

父母不是他们的风，更不要以为自己是他们的阳光，父母只是他们的大地，是根，帮助他们汲取脚下的营养。

成长是需要他们自己独自完成的工作。

附上纪伯伦的诗《孩子》:

你们的孩子，都不是你们的孩子，

乃是生命为自己所渴望的儿女。

他们是借你们而来，却不是从你们而来，

他们虽和你们同在，却不属于你们。

你们可以给他们爱，却不可以给他们思想。

因为他们有自己的思想。

你们可以荫庇他们的身体，却不能荫庇他们的灵魂。

因为他们的灵魂，是住在明日的宅中，那是你们在梦中也不能想见的。

你们可以努力去模仿他们，却不能使他们来像你们。

因为生命是不倒行的，也不与昨日一同停留。

你们是弓，你们的孩子是从弦上发出的生命的箭矢。

那射者在无穷之间看定了目标，也用神力将你们引满，使他的箭矢迅速而遥远地射了出来。

让你们在射者手中的弯曲成为喜乐吧。

因为他爱那飞出的箭，也爱了那静止的弓。

2020.5.11

二一　重大的时刻往往是静默的

没有终点的奔波，是一个惩罚；

有终点的长跑，只是一个游戏。

一

有风。我坐在阳光下，把脸隐在阴影中。这样，阳光不会晃到眼睛，我不需要用手挡在额头那里，就可以把四野看得分明。风浩浩荡荡地穿过树林，摇动着每一朵花，每一茎草。世界仿佛合着节拍在有韵律地舞动。

我静静地看着树，所有的枝叶向着同一个方向倒过去，那么舒展流畅；再看着它们慢慢地散乱地直立起来，未及恢复原状，又倒了过去。顽皮的风不厌其烦地反复地玩着这个游戏。

从来没有过这么多的时间，可以安静地无人打扰地坐着，不着边际地想任何事情，其实是什么也不想。

什么也不想，是我在走了这么远的路，读了那么多年的书，一点一点带大两个孩子，认认真真地生活多年，被柴米油盐的日常淘弄得心力交瘁以后，又碰巧遇到这么个无法回国的情况，才突然实现了的事情。一切都悬搁起来，暂时看不到答案。

什么也不想，看起来像是一个失败的、不被人强烈需要的边缘状态，但只有我知道，这是一个多么大的奖励。因为这个奖励，以前所有的劳作终于呈现出了意义。

没有终点的奔波，是一个惩罚；有终点的长跑，只是一个游戏。我们期待的，不就是游戏过后那释然的心境，和可能并不贵重的奖品吗?

在这样的空白过后，我知道我会满怀勇气，带着空白给予我的全部宝藏，进行一场更勇敢的奔跑。

二

今天啾啾收到了一顶黑色的小帽子——学位帽，装在一个小小的扁平的盒子里，放在了大门口。她兴奋地打开，试着戴戴，却怎么都戴不出来那种毕业生的喜悦，大概与环境有很大的关系吧。

就这样无声无息地毕业了，好像四年以来无数在教室间奔走、在电脑前熬夜写论文的日子，与同学们一起排练、演出，以及与社会上的不公进行抗争的日子，就这么不被人注意地过去了。这么重大的环节，没有一个隆重的仪式，真令人遗憾。不过没关系，我来试着在家里制造一个仪式吧。

其实人生中很多重要的节点都是没有仪式的。更有可能，置身其中的时候，你都不知道那是一个节点。很多时刻，只有在对后来的人生走向产生影响的时候，再回想起来，才知道它是重大的。重大的时刻可能是在喧哗与骚动中发生，也可能是在沉默与平静中呈现。每个人的舞台不一样，不是谁都有机会成为焦点的。

想通这一点，也许可以对于一些错失与失落多一点儿平常心吧。

三

午后，门外传来一阵响亮的鸣笛声。散步回来的先生说，这条小街尽头的那家，有个孩子过生日了。

在这段时间，过生日是没有办法庆祝的。不能聚会，不能去餐馆，孩子毕业这样的大事也是无法庆祝的。可是内心的喜悦怎么表达呢?

偶然经过一户人家，草坪临着道路的这边插着一块牌子：向保护健康的医护英雄们致敬，向从事基础工作的人们致敬。又过了几天，旁边多出了一块牌子，祝贺有个叫斯宾塞的孩子从雪城大学毕业了。

本来是不认识的人家，因为这两块牌子，我每次从那里经过的时候，心里都会暖暖的，然后悄悄说一声：嗨，斯宾塞!

这户人家并不是那种很讲究小情调的人，从他们的花园就能看出来。他家门前有两棵粗大的柳树，树干可以两人合抱，但是枝干已经修剪得并不高了，黝黑粗壮的古老的树身上面抽出鲜嫩的新枝新叶。这两棵树就是前面花园的重点，其余就是树篱与草坪了。这在众多经过精心设计和维护的邻家花园中，显得格外简洁粗放，有一种特别的气质。

就在那次消防车来过之后，第二天外面又有消防车的呼啸声，以及孩子们的欢叫。我实在纳闷这两个元素怎么会凑在一起，于是悄悄地溜达过去，原来是有个小朋友过生日，家长特地拜托消防员过来。于是，一辆红彤彤的威风凛凛的大型消防车，驶到这个家庭的门口，鸣笛，扯出生日快乐的牌子，播放了热烈的生日歌，孩子们开心得尖叫着奔跑。真没想到那些帅气的消防员们还是这样细心的暖男。

而大孩子们过生日则是另一种形式。接到邀请的孩子们，由父母驾车过来，依次排队驶过小寿星的家门口，车里的孩子从天窗上探出身来，拿着彩色气球和礼物，挥着手唱着生日歌，车身上还写着生日快乐呢。小寿星站在门口，跟每一辆车上久违的好朋友们招手，笑啊，尖叫啊……

长长的车流慢慢地驶来又走远了，门口又恢复了安静。这是被快乐滋养过的暖色调的安静，使这漫长的禁足生活不那么沉闷。

四

那场突如其来的雪在黄昏到来的时候，结束了。整个天空中的云迅速地移动着，渐渐地消失了。又有新的云从天边慢慢地浮现，阳光从云的缝隙中露出了一线，好像天空在给大地发射密电。

我赶紧叫先生，催促他快点：我们一起去看落日吧。如果去晚了，就错过了。

本来打算去的地方太远了，我们就停在了冷泉港，我第一次拾贝的地方。雪后气温骤降，真冷啊。虽然戴了帽子，但下车没几分钟，手就冻僵了。那也舍不得走。

熟悉的景物在落日时分都被涂上了华丽而浓重的色彩。沙洲、森林、泊在水里的小船和憩息在岸边的水鸟，都镶上了金色的边。

晚霞静静地施展着魔术，无边而喧嚣的世界变成了一个无声而热烈的舞台。回头一看，岸边不知何时驶来了一辆汽车，有位年迈的老人独自坐着，静穆而专注，出神地看着这一切。

他在想什么呢？一个年迈而孤单的老人，驶过了很多的岁月和道路，驶过了很多的艰难与幸福，此时此刻停留在一片绚丽的晚霞前，他在想起什么？他又在努力挽留什么？或者仅仅是单纯地沉浸在这一刻的无限美好之中？

我悄悄地绕过他的车，不去打断他的静默和视线。

每个黄昏，每次日落，生命中每一个饱满的时刻，都不应该被错过。

2020.5.14

二二　无愧于一场遇见

一

当我们刚刚住进来的时候，这所房子仍然保留着前一个家庭的气息。虽然他们已经打扫得非常仔细了。

墙壁都重新粉刷过，所有的灯都是亮的，每个水龙头都不漏水，每扇窗户都洁净得仿佛不存在玻璃，就连屋顶的天窗也是如此。我真的不知道他们是怎样上去清扫的。

我们打开每扇门，拉开每个抽屉，在屋里四处走动。我们与这所房子在互相介绍自己。我们用每个好奇的眼神，每个谨慎的脚步和动作，每个惊喜和不解来认识它。它则报以骄傲的不动声色。

每个自信的个体，都会对新来者的大惊小怪有些不屑吧。

我们在拿钥匙的那天才第一次见到原屋主——高高瘦瘦的男主人和胖胖的爽朗的女主人。他们恰到好处的斯文和热情，让我一眼就喜欢上了。善良和朴实的人都是带有密码的，只靠互相的感应来相认。

他们以自己理解的舒适的标准，将这所房子交付给我们，甚至连厨房和卫生间所需的一应物事也一件不缺。他们还特地留下一个本子，关于这所房子的一切都写在里面。当我遇到问题的时候，比如锅炉停了，警报响了，花园要整理了，大门口有朋友来访被拦住了，所有的问题，那里面都有解决方案。

除了缺少被褥，这简直像是一间酒店。我们心里熨帖而感动，也为这所房子感到高兴。即使更换了主人，它依然是被原来的主人爱着的。

我们处处感觉到原屋主的珍惜之情。他们曾经在这里住过将近三十年，那位胖胖的女主人，当年从希腊远嫁而来，在这里学会英语，抚养孩子，这所房子是他们在美国的根啊。

先生听了这样的故事，也看到他们惜别的泪光，忍不住叹息：难道没有一个孩子愿意继续住在这里吗?

在这片新大陆上，历史真的不被人珍惜吗?

二

那天雨很大，我们五六个人只有一把伞，冒雨进到要去看的那所房子里，好一会儿才暖和过来。屋子里乱糟糟的，我一进去就有种说不出的难过。

二月初的长岛又湿又冷。我们是看了广告上的宣传，知道这户人家在甩卖房子里所有的东西而来的。广告上面展示了一些画作，而我们家的墙壁上都空着，正在四处搜罗艺术品。很多东西就是这样，你想买的时候，就是遇不见合适的，而一旦买过了，更多的诱惑便接踵而来，就好像故意在考验你对自己眼光的信心，也好像是在羞辱你。

所以，我们买东西时虽然痛快，但若真的要摆出来或是挂在墙上，却是要再三考虑的。现在长岛的家很空，但是我在北京的家很满，过了很多年很“满”的生活，这种“空”是我一直梦寐以求的。

这所房子真满真乱呀！我们来得迟，很多早来的人已经或搬或抱地拿着自己的战利品走了。房子不大，大门正对着楼梯。在二楼不大的客厅里，墙上、桌上、地上，到处都是素描和水彩画。

我蹲下来一张张翻看，大部分是人物画像，画得熟练而亲切，说不上多么杰出，但自有一种温和而吸引人的气质。价格真是便宜，五美元一张，桌上的要贵一点儿，十美元一张。先生和朋友选了一叠，才花了一百多美元。

听收银的人说，屋主是一位插画家，最近刚刚去世，这里东西就都不留了。老先生活到九十多岁，从住所的逼仄来看，事业上大概没有十分成功。

我想象中的他，像很多知识分子那样，勤奋而有条理，安静而自带尊严。你与他讲话的时候，他会微微俯下身，温和专注地听，他聪明的眼睛让你明白他都懂得。

房子有道门通向后院，后院摆着一张躺椅，面朝着一片杂乱的森林。那里可能是冬天阳光最温暖的地方，也许每个午后，只要天气允许，他都会静静地在那里看一会儿风景，听一阵儿鸟鸣吧。

一楼有个小房间，很可能是他的办公室，大概是用车库改建的。这里有很多文件，书桌背后的书架上还摆着很多张家庭照片。

这里的主人并不是一个孤苦的老人。从照片上看，孙辈已经不小了，一个大家庭，十几口人，个个脸上带着节日的欢乐。他们在哪里呢？

我不知道周围那些人在翻找什么。有个文件柜，每个抽屉都被拉开了，里面是一个个整齐的文件夹，按年份顺序存放着。那是老先生写给自己的历史和备忘。如果把这些资料放进一个民间档案馆，应该是有价值的，可那些想在这里寻宝的人在翻什么呢？

他们粗暴地抽出来看一眼，再随意胡乱地插回去，那个文件柜很快就混乱不堪。我胃里感到一阵难受，仿佛那些人把他们的手伸到了这位清瘦优雅的老先生的肚子里，无情地翻弄。

他们知道自己在做什么吗？他们意识不到自己有多残忍吗？

而这位先生的子孙在哪里呢？对于他们来说。父母一生积累、珍视的这些东西，难道真的毫无价值吗？是什么造成了这种抛弃的习惯和情感的冷漠？甚至连家庭的合影都要弃之如敝屣？

我从书架上匆匆地拿了两本英文小说，逃也似的离开了那所房子。

回到家里，先生神态凝重地把那些画作一一铺在地上，仔细地欣赏，挑选出几幅挂到墙上。其中有一张，画里的老人穿着白色的夏装，坐在一把轻便的沙滩椅上，跷着二郎腿，双手拄在拐杖上，安闲自在地看着眼前的大海，仿佛这世界、这身后的一切都与他无关。

是啊，那个已然混乱的房间，那些已经远遁的子孙，老先生此生此世的所有努力和收获，所有的忆念与收藏，原本不过是当初的执着、此后的慰藉，最终不过是一场梦罢了。

而我此刻的悲哀和难过，在他了然一切的目光中，也是毫无必要的吧。

三

我慢慢地习惯了长岛的风、雨、天上的云和永不停歇的鸟儿们那迷人的鸣叫，可我还没有习惯这里的阳光。

阳光总是来得突然而又热烈，像是久别的情人，想要在短时间内把积蓄的全部热情释放出来。我们陶醉其中，刚刚对阳光产生了信任，以为这次它会久留，它却猛地收起此前的温情和慷慨，倏然离去，徒留一脸愕然的我们。这里的阳光简直就是个登徒子呢。

然后又是风、雨、天上的云和鸟儿们迷人的鸣叫。

我看着天气预报，估算着还有多少日子可以真正暖和起来。人就是这样，不相信迎面扑来的温暖的风，不相信热烈开放的花和草地上日渐活跃的小动物们，偏偏要去相信一组组冷冰冰的数字。好在这数字没有令我失望。

天气很快要真的暖和起来了，也许伴随着寒冷滋生的忧郁和伤感终将在阳光下消散。

对于长岛来说，我们不过是过客，可这又有什么关系呢？

认认真真地注视过，沉醉过，全然投入地生活在这里，哪怕只有短短的一段时间，也无愧于这一场遇见。对吧？

2020.5.16

二三　不动声色的慷慨

真正的慷慨就是，
他根本不认为自己是在施舍，
他只是不动声色地源源不断地给予。
不问原因，亦不求回报。

一

到现在为止，我们看见后院里来了小动物的时候，还是会兴奋地小声叫起来。然后在屋子里蹑手蹑脚地走，小声告诉另一个人，快来看。

刚住过来的时候还是冬天。这里的冬天不像北京那么干冷，草地一直都是绿的，很多树也是绿的。但这骗不了动物们，它们不会假装这是春天而在外面欢蹦。它们身体里写着季节的密码，天生就知道这是什么季节，所以它们齐齐躲起来冬眠。

草地上有一个个被翻开的坑，别人说这是浣熊干的。我查了一下资料，知道它们长着好看的黑眼圈，会爬树，会翻地，还喜欢翻垃圾桶。还听说它们不怕人，如果面对面遇上，落荒而逃的往往是人。夜晚我有时候会打开后院的灯，想要趁它们不注意，看看它们鬼鬼祟祟的样子。但仔细一想，我躲在灯光的暗处，想要偷窥浣熊的样子，才是真正的鬼鬼祟祟呢。

外面除了小鸟，别的啥也没有。

其实有了小鸟就等于有了很多东西。

它们总是占据树的高处，还会突然飞掠而出，划过天空，瞬间激活你的视线。有了它们，眼前的景物从来不会是静止的。它们还是歌唱的专家，整天在高高低低的树上跳跃、追逐、歌唱。它们的声音与飞机在高空的声音，与远处火车的鸣笛声，还有一刮一天的风声，把我们的耳朵灌得满满的，丝毫不会觉得死寂。

我们并没有对这里的大自然期待更多，但是春天来了，很多东西也一起来了。

二

我和叩叩刚一转弯就看到了它们。两只兔子正在安安静静地吃草，夕阳下，树的阴影在草地上拉得很长，它们正好在阴影里。我们正打算悄悄地挨近一点儿，蓦地发现它们后边还有一只小小的兔宝宝。它边吃边玩儿，时不时匍匐前进，过一会儿又突然像一支箭一样蹿出去，根本不懂得要谨慎小心什么的。有只大兔子一直跟着它，看护它，那应该是它的妈妈吧，这情景真是太可爱了。

叩叩看得心痒，嫌我的手机像素低，飞快地回家取自己的。我不敢动地方，眼睛一眨不眨盯着它们看，生怕一不小心失去了它们的踪影。

第一次在长岛见到兔子的时候，我真的以为它们都是兔宝宝，因为它们的体型比我在中国见到的兔子小太多。不过，它们虽然体型小，却更加机灵美丽。也许在进化过程中，忘记考虑安全问题，它们有一个明显的缺点：雪白的屁股。可能是因为这里空气纯净湿润，草坪上干干净净，它们可爱的小屁股终日不沾污垢，就显露出了本来的样子？总之，有时候并没有看到它们在草地上吃草，可是突然有白色的东西一晃，它们就露馅了。

叩叩很快就拿着手机回来了，离得老远就迫不及待地开始拍。天光暗了下来，兔子们似乎有些不安，悄悄地向草地边缘的树林移动，然后纵身一跃便不见了。远处有段灰白的“树根”，我们一开始就看到了，长得特别像是一只坐在那里的小兔子。我们说说笑笑走近，它突然消失了。竟然真的是一只兔子！我和叩叩笑得不得了，说它真能装，这演技也太好了。

这段时间好像是一段动物的亲子时光。小松鼠宝宝也悄悄地出来了，它们的身体太过于娇小，竟然能钻进草地上细长的水管，从另一头出来的时候，它们还会用小爪子整理一下头发，然后立刻洁净蓬松，可爱如常。

还有一次，一只肥胖的獾出现在草地正中间。它好像感觉到了我的目光，站起来朝着窗户的方向，与我对视了很久。然后它胖胖的身体灵活坚决地挪到了树下，沿着围墙边走边吃，直至消失在灌木丛里。

也许在这个恋爱的季节，动物们太过于躁动，在路边时常会看到它们的尸体。它们都是在穿越公路去看望配偶的途中遭遇不测的吗?

爱情的代价实在是太大。可是若没有爱情，岂不辜负了春天，辜负了只有一次的生命?

三

森林一直延伸到路边。树林巨大的树冠远远地伸展开去，树下是干爽厚实的苔藓。我沿着斜坡走下去，低着头，享受着脚底的快感。有一种踩在柔软的地毯上的感觉，不，比那更有弹性，有起伏，还可以闻到若有若无的些微清香。

我拐进了林子里。其实我早就想拐进去了，在这条路上来来回回走了很多次，看着杂乱的树林，总是鼓不起勇气。但今天，阳光通透清澈，森林里有迷人的光影，仿佛伊甸园。光线就是这么神奇。倘若它黯淡下去，森林似乎立刻就会变成一个幽暗诡异、充满无尽危险的神秘之地。

虽然就在居民区的旁边，但这是真正的原始森林呢，既有高大的乔木，也有低矮的灌木。高大粗壮的树干，有的光滑细致，树身上有迷人的图案，有的粗糙龟裂，却生出娇嫩迷人的新叶。地上是厚厚的落叶，每一脚踩下去，都会发出细小的噼啪声，无数的细枝和小茎在断裂，它们阻挡着你，让你无法直触到底。就好像这里的大地是它们守护良久、深藏不露的秘密。

山坳里有大棵干枯的树木倒伏在地，又处处有幼枝在生发。阳光在林间投下迷人的光带，构成一幅幅美丽的图案。如果这个时候，突然有个身段苗条灵活的少年，手持弓箭出现在我面前，或是一头狼无声地站在左边那棵树下，用幽亮碧绿的眼睛尖锐地看着我，我一点儿都不会吃惊。这里本就是这样的世界啊。

前面那一片茂密的灌木是什么呢？走近一看，原来是野生的蔷薇，花苞已经泛着微红，过不了多久，这里就是一片沁香的花海了。

我始终无法读懂一片森林。它博大而幽暗，有着无尽的包容。在植物学家眼里，它是名称各异的树木集合；在动物学家眼里，它是无数动物的栖息地。

在我的眼里，它是一片未知的神秘，一个充满各种气息的敬畏之地。我一再地接近它，但从未真正地进入它。我安慰自己：不要试图了知一切，保持远观，也是一种不错的生活态度。

四

我常想，如果让我做一只野生动物，我一定会选择到长岛来。

漫长的滩涂上，潮水退去以后，遍地是各种贝壳，没有任何人去拾取。我去拾过两袋子青口和牡蛎，嫌拿回家要清洗半天太麻烦，之后再看到也懒得动手了。岸边的大雁吃得过于肥胖，走起路来慵懒之极，有人路过身边，都不屑于挪动一下身体，只是蹲在堤坝上看风景。

人与动物的和谐相处，最高境界大概也不过如此吧。

互不打扰，互为风景，在各自的生命里安静地出现，不着痕迹地互相陪伴，然后消失。

2020.5.19

二四　真正的宠爱是带着欣赏和诚意的

一

铭铭说，真后悔呀，那次在老太太家里，就应该价格什么的都别在意，别人的态度也别在意，全部都拿走，都是值得的。

铭铭是我们在长岛新交的朋友，英文极好，人也聪明可爱，与老外打交道时，说说笑笑，活色生香，再适时地抛个媚眼，价格就谈下来了。所以她是我们去各处搜罗东西时不可或缺的一员。

而叩叩的六叔，我们称他老六，选东西的品位极高。我们的家里空荡荡，他看着嫌冷清，先是把自己收藏的画搬来好几幅，家里一下子就温暖有格调了，然后他便开始带着我们买买买。他不仅是我们购置用品的总参谋，还被先生称为我家的艺术总监。

艺术总监要求很高，一幅画挂哪里，一把椅子摆哪里，他都有自己的要求。买东西的时候，我常常莫名其妙地会被一样东西勾了魂，流连忘返，倘若他觉得价值不高，小眼睛从镜片后面瞪过来，我便会立刻心虚地放下。

不过他也有心软的时候，有一次我看到两个烛台，先生说像是塑料的，不让买。可我喜欢它们的样式和颜色，想着家里的浴缸四周空荡荡的，就是不舍得放回去，赶紧蹭到艺术总监身边求援。他说，拿着吧。于是我得逞了。

艺术总监还兼着搬运工作。每次外出，他都开着那辆轰轰作响、马力十足的轿卡，不惜力气地帮我们搬一切稍有重量的东西。他的车斗里有包装货品的毯子，还有固定大件物品的绳子，真像个搬家公司。如果告诉别人他是个造诣很高的摄影家，没几个人会相信。当然，也不需要别人相信，因为他有足够的自信。

唉，没有他，这个新家真的会永远空下去。话说回来，若不是他当初力劝，我们也不会到这里来。己所欲，施于人，我们只能是“后果自负”。

一到周末，这样两位有趣的朋友就带着我们一起去淘货，故事也就越来越多。走的人家多了，最初那种浓重的物是人非、人生虚无的伤感，也慢慢地减轻了，觉得有这样一种方式还是挺好的。那些再用不到的东西，被交到更需要它们的人手中，得到更长久的欣赏和使用，也是一种继承和永恒吧。

二

老太太的家是我先在网上发现的。

美国有个网站，专门发布这样的售卖房子里所有用品的信息。

这种开门销售有个名词叫“tag sales”，就是给家里的每样东西贴价签的意思，一般只在周末两天开门。错过了，就等于永远错过了这一拨人家，下个周末就是完全不同的了。

每个星期五的下午，我就会以自己的住处为圆心，看方圆三十公里左右有没有值得一去的。网上会把这些人家售卖的主要物品的照片都登出来，让你大致可以判断有没有兴趣。

长岛多独立住宅，有很多豪华的大庄园，宋美龄晚年住过二十多年的大宅离我们只有十几公里，据说当年也曾经这样清售过物品，其中很多珍贵的物件就此流向民间，至今仍传为佳话。

长岛更多的是中产阶层的独立屋。走得多了，会发现他们出售的东西有很多相似之处，大部分是日用品，再有些许艺术品或少数奢侈品。

但一开头提到的老太太家的东西，第一眼看过去我就暗自吃惊。网站上粗糙的照片不能掩去很多罐子、盘子的魅力，它们看起来不仅美丽，而且很有异国风情。唯一遗憾的是，我们发现得太晚了，她家已经开门卖了一天了。

第二天我们破例都早早起床，赶了过去。从外面乍一看，这只是个普通人家，花园精致小巧，街区也安静清雅。房子不太大，但里面却是不一般。

门厅里有一棵风姿秀美的小树，旁边就摆着一个知名艺术家的装置作品。铭铭曾经去参观过这位艺术家的工作室，深知这件艺术装置的价值，当场便以相当低的价格买了下来。她还担心再被别人高价买走，忙不迭地付了钱才放心。

无论是桌上还是柜子里，到处都是好看的艺术品，有雕塑、陶罐等，家具与墙上的画也都很有味道。另外，还有一个设计复杂的壶，很多种艺术元素融合在一起，让我想起了宫崎骏的作品《哈尔的移动城堡》。

我看花了眼，放下这个，拿起那个，个个都喜欢，可又觉得自己并不需要这么多东西，买这么多是不是有点儿过分？于是我就挑小的拿，归置到一个角落里待会儿一起算账。而先生呢，被他们家一大片璀璨的水晶和玻璃制品迷住了，像我一样，放下这个，拿起那个，犹豫不决。留着它们在原地吧，怕被别人买走，可是还想再看看别的，委实难办。

我忍不住对这里的主人产生了好奇。铭铭说，这位老太太的先生很有钱，很爱她，她买什么东西都可以。所以她收集了大量珍贵的艺术品。我们来晚了，头一天有很多非常难得的东西，已经被人抢光了。

还是我们的艺术总监有魄力，直接说，这家的东西都很好，喜欢就拿吧。

最后的结果是，我们不仅买了一大堆美丽的盘子和罐子，还买了一张带有六把椅子的大桌子。椅子是意大利设计师的作品，简洁雅致，坐着又非常舒适。据说原来光是椅子就要两千美元，而我们连桌子带椅子一起只花了一千五百美元。真是太划算了。最主要的是，放在我们带天窗的那个客厅里，甭提有多配了，就好像它本来就是属于这里的一样。

回程的时候，我们的样子都很狼狈，坐在车中，怀里抱着罐子，两腿间夹着雕塑，后背靠着盘子，那棵小树，也在后面的车斗里随着行驶来回晃动。我们钱包空空，心满意足。

三四个月过去了，这仍是我们淘货的经历里最为开心的一次。后来我们还去过很多豪宅，常常被他们满坑满谷堆得山一样的奢侈用品惊得怀疑人生。

有户人家，地下室像是一个巨大的会所，无数成套的高级器皿崭新闪亮，都不要了。女友圆圆那次也一起去了，她从楼上卧室里转出来，晕乎乎地对我说："哎呀妈呀，这家人太有钱了。那么多上万美元的衣服，都不要了。"她花了几十块钱买了一件，自言自语道："我是穿不了，可它这么漂亮，看着也高兴啊。"

看得多了，我对囤积东西感到越来越厌恶。再美好的器物，倘若只是被占有而不是使用，就失去了光彩。此后我们虽然也会购得一些喜欢的东西，但越来越节制，够用就行。

回想在老太太家那样令人难忘的体验，我总想不明白，这是为什么？有一天终于明白了，因为在那个家里，我看到了"宠爱"，看到了情感，而不仅仅是物品。

三

真正的宠爱是带着最根本的诚意的，是对你作为一个人的欣赏。他不仅欣赏你的一颦一笑，欣赏你的动与静，同时还接纳你的爱好和厌憎。倘若意见不同，也会尊重你的不同。

真正的宠爱不仅要成全你，尊重你，把你的完善也当成他的一个目标，而且由此成全自己。

有这样一对夫妇，他们一生的时光已经过去大半，孩子们都已成人，各自独立，不再需要他们了。安静的老年时光来临，有很多空闲时间属于自己，年轻时候想做的事情又慢慢被回想起来。

太太热爱艺术，喜欢旅行。先生欣赏她的好趣味，每隔一段时间就陪她去世界各地旅行。每到一地，太太都会挑选满意的艺术品或手工艺品，先生总是不怕麻烦认真地打包，完好无损地带回家中。有人说太太花在艺术品上的钱太多了，先生却总是温厚地维护她。倘若不能给爱人带来笑容，钱还有意义吗？

家里到处都是妻子从全世界搜罗来的美丽物品。每当看到它们，她的眼睛都会亮晶晶的，像年轻的时候一样动人。生活在自己用心营造的艺术氛围里，她整个人也像艺术品一样，焕发着温润动人的光彩。

虽然年老，他们仍是令人羡慕的一对。

万水千山走遍，把美好的事物都带回来，成为两个人一起走过的路、共同度过的时间的见证，令他们幸福而又充实。

我时常在家里这些别致美丽的艺术品前驻足，仔细地欣赏它们。我不知道它们最初从世界的哪个角落里来，价值几何，由谁创作出来，甚至也不知道它们最初叫什么名字。我只知道，它们曾经得到过无数次充满爱意的注视，那等同于无数次的祝福。对我来说，这已弥足珍贵！

2020.5.20

二五　自在就是不讨好这个世界

一

为什么讨厌合影呢？一瞬间努力睁大眼睛，凝固表情，想要呈现最好看的样子，但其实总是奇怪的样子。我们在讨好一个不知道的观众，一个不认识、不在乎你的人，对方只是瞟一眼，然后随口评论一句，你却在这里努力做出讨喜的样子。

我喜欢和亲密的朋友合影，互拍或是自拍。两个人毫无芥蒂地脸碰着脸，一起眼睛含笑地看着镜头里的自己，调整角度和表情。这样拍照，愉悦的人是自己，这是一个游戏，一个互相取悦的瞬间，记录的是当下美好的心境。

说到底，世间除了少数的几个人，谁又会真正在乎你呢？而如果你不自在，你在照片里的样子也是不自在的。

一个不自在的人，身上总有一些不单纯是属于他的东西，一些由杂念而来的东西，凝固成了杂质，附着在眼睛里、生硬的笑容里，甚至不自然却熟练的姿态里。

为什么会喜欢一个自在的人呢？也许是因为他不讨好、不献媚、不自卑也不自大，他因为是自己而满足，他知道自己是谁；也许是因为他干干净净站在那里，简简单单地说着话，你会因为他的自在而感觉松弛，仿佛自己也放下了担子。

我们每个人的心上都背着各种各样的担子，它们从内部挤压你，使你不知不觉负重前行。

那些内在的担子予你更大的不自由。你的腰弯了，腿软了，脖子不再像年轻时候那样直挺挺地梗着，说话的声音有气无力，你对整个世界都再也拿不出以前那样无所畏惧的勇气了。

岁月把负担不知不觉地灌注进你的灵魂里。你是在岁月里老去的，是在失去对抗的勇气里老去的。你变得面目全非，失去了与生俱来的像个国王一样的气质，你在讨好这个世界。

而世界是什么？是一碗饭？一间屋子？一缕阳光和一阵微风？世界不是你讨好来的。

当你自在如国王时，世界本来就是你的。

二

我习惯了长岛的风。

没有风的日子真是太乏味了。高高低低的树都静止了，云厚重而沉闷地遮蔽着天空。比这更无趣的是，有时候一片云也没有，天空蓝到一无所有，就像是无尽的时间，空荡荡地铺展在面前，等着你填满内容。这就好像我根本没有学过的科目要考试了，必须在一定时间内完成一张题目繁多的试卷，我眼里只有无尽的惶恐和迷茫。

仿佛世界在不动声色地看着我，等着我做些什么，由此窥探我的底细，而我偏偏又那么无知无趣，什么也展示不出来。

这样的日子，我沮丧、灰心，只想吃最辣的食物，喝最浓的咖啡……

我曾经是很讨厌风的。北方的风总是夹着尘沙，干燥锋利地打到你的脸上，没有一点儿友好的感觉，更何况，它还是皱纹的朋友。

想起自己昨天还在严肃认真地跟叩叩谈话，一本正经地为未来担忧，自己也觉得可笑。

一个普普通通的见识有限的人，关于生命的价值、命运的方向，虽然无法把握，但仍然在努力去理解。我知道握在手里的时间如一把终归要漏掉的沙子，只能眼看着它们一粒粒无可挽回地垂落，可它曾经是我的沙子呀，即使落到了无尽的大地上，复归到尘土中，也终究是带着我掌心的温热、我无奈的注视而散落的呀。

在长岛的这段时间，似乎是生命中不期而至的一个静止的点，我知道它从哪里开始，但是不知道它向哪里延伸。它意味着什么？又将导致什么？一切还会回到从前吗？

没有风的日子里，倘若还下着雨，就总是容易伤感。

三

动物们一定是午睡的。中午，到处都静悄悄。

檐下的鸟窝简直就是一个笑话。我刚开始还替它们着急，现在已经随它们去了。两只糊里糊涂的傻鸟，天天追逐打闹谈恋爱，繁殖的季节已经悄悄过去了。不过实话实说，我骂它们糊涂，自己心下是有点惭愧的。

繁殖就那么重要吗？世界上有那么多的鸟，少了这两只的后代，还有无数其他鸟的后代。它们不生蛋，我们后院里也就一直有小鸟骚情的鸣叫，活泼的跳跃，不也增添了很多欢乐吗？至于世界的其他部分，更不会有任何损失。日月星辰仍然各司其职，不会因为它们不肯生蛋而有改变。

它们不过是两只欢乐的小动物，我为什么要期待它们走在一条老路上呢？老路就一定更值得、更可靠吗？

人生应该怎样度过？在这个问题上，我甚至还不如一只鸟有见识。

这么一想，我的脸红了，亏自己还是学过哲学的，冥顽不化到这种地步，唉……

四

将近一年了，我是努力在练瑜伽的，有时候练一个小时都不会出汗。瑜伽是多么反人类的活动呀，是人类专门发明来与自己作对的。把肢体扭向它本来不喜欢去的方向，还要停留一小段时间。

每做完一个动作，我都觉得十分辛苦，于是便奖励自己趴在垫子上放松，怎么说呢，放松的时间大概是练习时间的十倍吧。

运动中的休息，很奇怪地会带来一种头脑的活跃，不知所以的兴奋。很多想法奔涌而来，混杂一团，未及捕捉，就被新的取代了。我后来自嘲：我不是在练瑜伽，我只是在瑜伽垫上思考人生。

瑜伽、跑步以及力量训练，构成了我运动的主要内容。这些能让人变得健康、美丽的东西，真的都很辛苦，很折磨人。需要在生活的所有方面都很注意才能有一点点效果，稍微一纵容自己，立刻前功尽弃。以前生活中的许多乐趣也慢慢失去了，反倒增加了很多负罪感，比如多吃了一口米饭。

听说运动带来的多巴胺会让人快乐，但是有没有人计算过我们因为运动而丧失了多少其他乐趣呢？

能够让人变得愉快、充实的东西很多，一本好书，一杯香茶，一个有趣的朋友，一段投入的爱情，带来的乐趣都无法以金钱计算，可是为什么让外表美起来却这么辛苦？

可能是精神上的愉快有各种各样的方式，而外表的健康美丽却有着人为的标准吧。它要把你浑圆柔软的身体练习到线条分明，前凸后翘；要把岁月和经历已经刻在你身上的痕迹，重新塑造成从未被磨砺过的样子。

你不仅仅是在塑形，更是在对抗时间，对抗历史，对抗一切令你不完美的东西。

真的有完美的身体吗？如果人人的身体都像人体模型一样标准，我们对自己的恋人还会有那种初次坦诚相见的惊喜吗？我们竭尽全力，放弃了咖啡里的那勺糖，早餐的那片香喷喷的面包，妈妈费心蒸出来的包子，难道是为了把大自然赋予的异彩纷呈的身体变成如同工业化的标准产品吗？

同样的六块腹肌，同样的线条，同样的肤色，同样的尺寸……是什么观念把人洗脑至此呢？整齐划一本来是美的敌人呀，什么时候变成了美的标准？

我努力运动了一年，仍然是那个松软的自己。运动于我，是神清气爽，是好胃口，是兴致勃勃投入工作的精力。我希望永远不要变成塑身运动的痴迷者。我以此保留岁月赐予我的身体的独特性，它是我的王国，我的秘密花园，更是我的坚持，和不肯放弃领地的骄傲。

其实，这些都是我为自己的懒惰寻找的借口。

2020.5.23

叩叩迷上了打羽毛球，跟叩叩打球，最辛苦的是肚子。因为会笑不停。球打到脑门上了，笑；球挂到树枝上了，笑；球拍砸到手了，疼得龇牙咧嘴，还是笑……

长 岛 絮 语

不是什么样的少年壮志都值得追随。如果这辈子都要追求自己少不更事的时候发的誓、立的志、爱的人，也未免太幼稚了。

什么样的爱是卑微的呢？当你病、弱、脏、丑的时候不敢去面对他，怕他嫌弃你，就是了。爱上你的优点很正常，能接纳你的不堪才是真爱。

爱的语言不仅仅是语言。你的眼神、你的身姿，你的气息，你走过去飘起的衣襟，都会说“我爱你”，如果你真的在爱！当然，它们也可能一起在说：我不爱你！

每个人都认为自己的爱情是独一无二的，其实它只不过是众多寻常的爱情故事中的一个。
那你还会执着吗？

我常常庆幸自己是个无能的妈妈，对孩子的很多事情都放手不管。孩子的成长过程中，我唯一保证提供的是无限量的爱和理解，成长是他们自己的事。

长岛絮语

每片叶子都有自己的价值，
前提是它得长成一片叶子。
如果它过早枯萎，或者是营养不良，
哪里还有价值。

好的母亲要懂得保持沉默。
尤其是在对待孩子的问题上。
孩子成长的过程中，有些问题并不需要解决，
你耐心等一等，
它就已经不是问题了。

父母应该经常提醒自己，
要做孩子生活里的配角。
他们才是自己人生的主人。

没有什么东西永远是你的，
包括孩子。

面朝夕阳，只是感受那温暖，其实什么都没有想。有时候，“什么都不想”地沉浸其中，是对大自然的一种全然的尊重。

长岛絮语

应该给自己设定一个沉默日，
在这一天你会发现，
不说话是一件对人对己都有利的事情。
还应该设立一个无表情日，
你确定你每天的微笑、愤怒等都是有必要的吗？
就像人的肠胃需要休息一样，
心灵也一样。

难过的时候恰恰是你正视问题的时候，
你看到的那些令你沮丧、令你不安和悲观的东西，
都是真实存在的，
甚至比你看到的幸福更真实。
把它们记下来，
得意忘形的时候会帮助你清醒。

夕阳下，帆影点点，一条条小舟轻捷地靠岸，那都是从海上冲浪和游玩回来的青年。一对头发花白的中年夫妇在漫天的晚霞中依偎着，那位丈夫说："Perfect time！"

| 长 岛 絮 语 |

不要向你的人生撒娇，
人生不是你的恋人，
它不会疼爱你。
它最多是你的同伙而已。

真正的生活从来、永远都不会是一首诗，
最多有一些瞬间有点像罢了。

我不知道大家为什么会把幸福设定为人生目标？
幸福是一种感觉，
它像所有的感觉一样不可捉摸，
很难把握。
我给自己设定的人生目标是：充实。
永远有令自己喜欢的事情可做，
想想都劲头十足。

小动物们谦卑谨慎，即使无人打扰，也时时保持警觉。任何响动，它们都会认真对待，适当避让。在自然界中，哪怕是王者，也都有谨慎的一面。

长 岛 絮 语

我不喜欢探索人性，
因为每次探索的尝试，
都会让我失望。
我满足于它呈现出来的样子，
这就够了。

每个人都会向这个世界发出自己的光。
有的人是暖光，
有的人是冷光。
也有人本来是冷光，
可是他给自己加了一个暖色的罩子，
这种人算是什么呢？

你可以不爱笑，可以不懂事，
可以不温柔，甚至可以不忠实，
但你不可以不善良，
虽然有些人认为这也可以。

有的景色让人平静，有的景色让人激动，这里的景色却让我沉思、沉迷。世界上有这么多美好的地方一直在、永远在，真好。

| 长 岛 絮 语 |

我与她年少的时候就熟识，
阔别多年以后再见面，
发现仍然不能做朋友。
我特别感激她的一点就是：
她也明白这一点，
而没有勉强我。

如果一个人没有问候你，
那他就是不想问候你；
如果他没有予你温暖，
那就是不想予你温暖！
天涯相隔，
或是战火纷飞，
那样的极端情况自是有的，
但是在平凡和平的时光中，
更容易看到一个人待你是否真心。

家里院子中的杏熟了，我邀请北京的朋友们去摘。他们发来了很多欢乐的照片。狗狗男爵也去了，跟每个客人都很亲，抱着装杏的筐子，笑得眼睛都眯着。

长岛絮语

再大的房子都有可能是一个牢笼，
再小的空间也可能是一片乐土。

家里整洁清爽很好，
家里随意散乱也无妨。
家是为你服务的，
而不是相反。
你不是样板间的保洁员。

我不喜欢断舍离。
一个性冷淡风格的家，
是没有历史也没有记忆的。
那这么多年不是白活了吗？

啾啾收到一顶黑色的学位帽，我们在家安排了一个小仪式。人生中很多真正重要的节点都是没有仪式的，重大的时刻可能在喧哗与骚动中发生，也可能在沉默与平静中呈现。每个人的舞台不一样，不是谁都有机会成为焦点。

崩溃的时候，觉得世界一片黑暗，恢复以后又岁月静好，但是看这同一个世界的眼光已经悄悄不同了。我只信任那些曾经告诉过我他是如何崩溃过的人。

我喜欢文艺青年、中年、老年，哪怕有时候他们看起来有点儿做作。因为这样的人，心里是存在一个更美好的想象的世界的。因着这个，他们总有一种不切实际的气质。在这个过于功利的世界上，这是多么可爱。

事业、婚姻、爱情、孩子，这些都是生命中最重要的部分，但并不是人生的全部。闲暇、爱好、友谊也同样重要。生命如果多一些支点，就不那么容易垮掉。

大部分的人生不存在一个决定性的戏剧性瞬间，对自己的人生负责，是从一点一滴开始的。

二六　失败的游荡

一

现在，回国变成了一件可望而不可即的事情。

机票已经是天价了。普通的转机机票，经济舱要五万以上；每周一班的直飞航班，经济舱要二十多万一张。有包机公司的人来联系我，倘若凑够十四个人，可以包一趟公务机直飞回国，四十万美元一班。他说得好像很轻松，甚至说他们不赚钱，我听了懒得回答。相比于疫情之前四五千块一张的机票，这不啻天价。这还不赚钱？

我家阿姨听了，忍不住发评论：你们还是再等一等吧，不然你们一家人的机票钱，够我们农村人干一辈子了。

若再加上一家人回国以后隔离两个星期的费用，这一趟下来，真不是一个小数目，更何况还要冒着途中被感染的风险。我们几个还好，先生年纪不轻了，就算是身体健康，也经不起这样折腾，身体疲劳免疫力就会下降，万一有点儿问题怎么办？

我觉得我们似乎是住在一个孤岛上。虽然周围又宁静又美丽，每天一家人说说笑笑，但是与外界几乎没有联系，无法规划未来，只能等待。而等待最是牵肠挂肚，最是煎熬人。我也越来越消沉了。

我想，造化弄人，我就不要带着家人一起跟时势较劲了吧，先安心在这边待着。我跟朋友开玩笑说：又没有王位要继承，为什么要着急回去？再等等吧。

我们不回去，闺女最开心，她终于不是一个人孤独地在国外闯荡了。

那就顺其自然吧。这么想明白了，好像整个人也安定了下来。

大脑真是一个奇怪的东西，它本来是一个身体的器官，同时又有情绪，有决断。它若不安，整个身体都是不安的；它若宁静，整个人都舒展了。心通则可与这个世界和解，心若有千千结，便与这个世界百般别扭。

区区一张机票把心扰乱了，但这又何止是一张机票。总有一天，这一切问题都会迎刃而解吧。

二

似乎越来越不爱出门了。

前些日子偶然去了一趟长滩，似乎那一趟消耗掉了太多力气，回来后有好几天哪里都不想去。不过，阳光是有能量的，如果天气好，力气便不知道会从哪里慢慢地凝聚起来，兴趣也会重新生长。

今天我们又出去游荡了。

驱车走在长岛的路上，尤其是林间的路上，是一件极为惬意的事情。路边是茂密的树林，在这个季节，层层叠叠、深浅不一的绿色从树下一直堆积到树梢，阳光从枝叶间透下来，在路上投下迷人的阴影。路面清洁，车辆稀少，你既可以放心地瞟几眼风景，又不影响你痛快地飙车。我这个快车手过足了车瘾。

等绿灯的时候，我看到路边有一所房子，房子小小的，院子也小小的，但是院子里竟然还盖了一栋差不多一样的房子。在地广人稀的长岛，这可不多见。

我说："那一定是这个家里的孩子要结婚了，需要另建一所房子，于是打报告上去说，然后就要多交一点儿税……"

叩叩说："为什么一定是孩子要结婚了呢？你为什么每次都这么说呢？他们前面的这个房子那么小，一家人本来也住不下呀。你这么说我都听够了。"

我笑了："我是个妈妈呀，自然会从妈妈的角度来想象事情。那孩子大了，不就需要一个自己的家吗？"

"那也可能是别的原因呀，比方说要盖个工作室。"

我坏笑着看看叩叩："你是不是不好意思了？"

叩叩脸红了，不出声。我这样说话确实有点儿过分，爸爸出来打抱不平了："叩叩呀，我真同情你。妈妈真不像话。"

我明白上次出去为什么会那么累了，因为路途太长，打了太多的嘴仗。

这次的游荡以失败告终，冷泉港的登山口人满为患，我们想要去的另外两个公园门口站着保安，都不让进了。我们只好调头往回走。

这次失败让叩叩非常快乐，他对外出从来没有多大兴趣，他几乎是欢呼起来：“我可以回去睡觉了。”

这次失败也让我们很快乐。因为这意味着更少的人群聚集，更少的病毒感染，更早恢复正常生活。那我们便可以更早地回家了。

三

我对路边林子里那些整洁美丽的房子总是充满好奇。

这里的人为什么都喜欢独自一家人孤零零地住在森林里、住在湖边呢？四野是芜杂茂密的森林，与邻居平时完全打不上照面。四周只有野生动物静静地出没，也只有它们在固执地窥探着生活在这里的人类的生活。

他们住在这里不害怕吗？我们中国人总是喜欢热热闹闹的，似乎只有挤在一起，到处都弄出浓浓的烟火气，才像是人间。对于世外桃源的诸多想象基本上是叶公好龙，说说而已，倘若真的长时间静处在山野之中，肯定会逃跑的。

这几年，那些辞职去乡村的、去大理的人，陆陆续续地又回到了北上广。隐居并不仅仅是离群索居，它还意味着与原来的生活环境产生断裂，从熟悉的秩序中拔出根来，在新的土地上扎下根去。这个过程很艰难，相伴随的还有撕裂和生长的痛苦。同时，还需要强大的安全感，从心理上到经济上的安全感缺一不可。

长岛的人们好像没有这个问题。海岸边，丛林中，偶尔路过一个山坳、一个水塘，附近也总会有一座房屋像灯塔一样，静静地矗立着。

这些房屋就像是大地的守护者，而不是占有者。它们不突兀、不尖锐，不像是一个入侵者，而更像是本来就在那里的，因为它们尊重自然的边界，只是为自己划出一小片活动的领地，其他的仍然属于世界。

它们仍然是臣服于自然的。

我曾在一个海湾停下来，想要拍一拍照片。路边的滩涂上，生长着高大、整齐泛着美丽的金黄色的芦苇，有一种不可多见的壮观和华丽。

我蓦然发现海湾对面是恢宏气派的宅邸。它们占地广大，沿着阔大美丽的花园向下，有专属的大片海滩。这些房子的主人毫无疑问一定很富有，家里仆役成群，时常有盛大的聚会。可是，这样一座宅邸，因为它的华丽闪耀而更像是一个占领者，一个耀武扬威的或是挥舞着支票的“盖茨比”。被它圈在墙内的森林和原野，虽然被重新规划、打理，但应该一直在默默地环伺着、观察着、打量着它，等待它慢慢消减最初的热情，等雨水慢慢地浸润它，把它变得陈旧，柔软，与周围重新融为一体。

世界上的一切都有自己的限度，都是时间的产品，也终会被时间收回。从天地里来，回到天地里去，就像一滴水流入大海，一阵风卷入空气中，是多么自然的事情。

这里的人并未把“天人合一”挂在嘴上，可能是因为他们本来就是这样的吧。

命运常常会给人很多礼物，只是很多时候我们要么不知道那是个礼物而轻率地放过，要么没有识出那个礼物的价值，只是随手放置，然后就与其他杂物混在一起，终于被遗忘在旧物中。

所有的经历都有意味深长的价值。

2020.5.26

二七　真俗

一

我给啾啾看我的手机内容，她一看就笑起来了："妈妈你可真俗呀。"

我也笑起来。在长岛的这段时间，我可以打开各地的视频网站，把天下的事情全都看一遍。有的人整天看新闻，阅尽天下秘闻，经常说出来吓我一跳。而我呢，看的全是怎么剪头发，怎么烤面包，怎么蒸包子，甚至还有怎么抓鳝鱼。

我也很奇怪，为什么会去认认真真地看那么久抓鳝鱼呢？不知道是真的假的，那么大的鳝鱼，不断地从洞里被啤酒吸引出来，一会儿就能抓一盆，看得我口水都快出来了。其实我并不喜欢吃鳝鱼，我只是喜欢"捉"的这个过程，既有一种打猎般的刺激，还有点儿不劳而获的得意。

那天看过以后，我只要一打开网站，就会看到各种视频推荐：怎么在野地里抓泥鳅、抓河鳗、抓甲鱼……满屏幕都是穿着泥乎乎衣服的老农，端着盆守着一个泥坑，一点儿美感都没有。

我心里竟然隐隐有点儿遗憾，要是小时候能看到多好啊。那时候跟小伙伴们在一起玩，只有我永远都抓不到这些珍贵的东西，就连在河沟里踩鸭蛋也踩不到，而别人经常一弯腰从脚下摸出一个泥乎乎的东西，用水一冲就露出白白净净的大鸭蛋，甚至是大甲鱼。

那时候我心里总是不服气的，常常特意拎着鞋，光脚走在鸭子们经常出没的小河沟里，仔细地体会脚下的东西，一旦感觉是个圆的或是会动的，便立刻伸手去脚底捉住，拿出来的照例是个硬硬的泥巴坨子。我曾经一个人默默地围了河沟，卷了裤腿跳进沟里，用脸盆舀水，直到黑黑的鱼背露出水面，但是从来也没抓到过一条像样的鱼，而哥哥总是能拎回一串串的鳝鱼来。

难道我小时候的遗憾深藏在心里这么多年，却被网站窥知了？

真惭愧，我连种花的视频都没有打开看过，来长岛之前我可是一个花园控啊，曾经的理想就是打造一个绝美的花园。现在我提都不提这事了。此外，也没有听过任何一门课，没有欣赏一首歌……至于哲学课、诗歌课，更像是上个世纪的事了。

可是，我却买了各种剪头发的剪子，不同尺寸的烤蛋糕的盘子。在视频网站的大数据印象里，我肯定是个不折不扣的家庭主妇，虽技艺欠奉，但是态度端正，认真努力。

不知妈妈知道了我现在的样子，会不会非常失望呢？我从小学习优秀，她一直以为我会有出息的，而我现在却把她早已学会的技艺，一件件地拾起来。

时隔这么多年，我好像终于续上了这个环节，在人类的长河里，没有独独在我这里缺了一环。我每天瞎忙得心安理得。

我问啾啾："那你都看什么呢？"

"我看的都是别人怎么跳舞啊！"

嗯，我想，我认真学习抓泥鳅，就是为了让孩子有机会去跳舞。

二

我现在经常盯着家里其他三个人的头发，不时地评论："老公，你的头发好像长了一点儿，马上有直播，要修一下了。"

"叩叩，你看刘海这么长了，如果不剪一下，脑门上会长痘痘的。"

我还在室外有个固定的剪发地点，剪发的凳子也有了最合适的。可是对于头发的长度，这两位好像各有自己的主张，多长时间剪一次，并不由我说了算。他们好像算定了我闲得没事干，又没有其他主顾，正好可以傲娇一下，就差我发红包求着他们来剪了。

最可气的是，有一次叩叩过来让我看他的前额："我刚刚自己修了一下头发帘，你看还不错吧？"我瞪了他一眼，说："难看死了。"

哼，明知道我天天等着给他剪头发，偏要自己修，真气人。

啾啾对我最有信心。她的短发非常好看，上次是找一个日本发型师打理的，价格不菲。贵到什么程度呢，就是她不敢告诉我多少钱。再好看的短发，长长了就不好看了。她找出以前的照片给我看，我依样画葫芦，竟然也有模有样，皆大欢喜。

没想到过了几个星期，她找到一张新图片，说那个短发好看，她要那样的。

我看到图片惊呆了，过了会儿才缓过来，说："你对你妈也太有信心了。这个头发我都看不懂究竟是怎么回事。不过真好看啊。"

她乖巧地说："没关系，不剪也行。"

可是这勾起了我的好奇心。这么好看，究竟是怎么剪的呢？

睡前，先生在一边学英语，开始读《百万英镑》的简写版，还说不难，生词不多。我则对着剪发的视频看得津津有味：噢，是这么分层的，是这么削薄的，最后造型的时候再这么抓一把，那么抓一把……

怎么说呢，看的时候手心里充满着对于头发的感觉，对于剪子剪下去的渴望，仿佛不是在看别人剪，而是自己在剪。我简直迫不及待想要亲自尝试一下了。

回想一下，自己只有一把普通的剪刀，不行，高品质的发型必须有专业的工具，我一转眼就下了单。

第二天上午，我把啾啾拉到红枫树下的剪发地点，那里又暖和又背风，是个好地方。高级的发剪还没有送来，我拿出最普通的晾衣服的夹子，把她的头发别起来，再拿出我厨房里的剪子。她咯咯直笑："妈妈，你好专业哟。"

有时候一剪子不理想，小声"哟"一下，她听到就说："如果你剪坏了，我就去剃个光头，没关系，没关系……"听到她这么说，我就更认真了。

看过视频就是不一样，我按着记忆里的操作步骤来，果然剪得相当好看，啾啾的后脑勺有一个优美的弧度，两侧打薄，显得脸型更流畅。不过，与想要的效果还有距离，要等到前额的头发长得长一些才行。

啾啾很满意，我们约好了过一个星期再剪一次，那时候新剪刀也来了，前面的头发也长了，肯定会很酷。

她特意去给爸爸看，夸我真聪明。我心说，这剪头发也不难啊，重要的是审美，这可是我的特长，然后又喜滋滋地想，将来要是手艺更加精纯了，就在门外的草地上立个牌子，先是免费帮人理发，待到打出名号来，再开个店铺……我还应该了解一下老外的头型、发质是什么样的，再雇个小妹来帮忙洗头……也许我可以挣到一点点钱……

越想越多，越想越美……

唯一不太敢想象的是，我妈妈那时候的心情，她大概会觉得这个女儿白养了吧。

2020.5.28

二八　爱是在烦恼中互相确认

一

我在树下躺着，虽然百无聊赖，但感觉美得不行。最近眼睛不太舒服，看什么都觉得累，但是又不可能什么都不看，于是就东看西看。

长岛的“疑似”夏天好像到了。说是疑似，是因为不确定它会不会就此暖和下去。昨天中午我们照例各自散步，回来的时候满头大汗。可是傍晚天就变凉了，非得加一件衣服不可。

此外，丁香花和槐花开得正好，在北京，这两种花开的时候都是初春。那长岛现在究竟是春天还是夏天呢？不去管那么多了，看来，长岛的春天有自己的程序，我只要欣赏就好。

这两天听到的消息让人不安。相比之下，飞机票暂时买不到好像不那么重要了。

明尼苏达州发生的白人警察暴力执法，导致非洲裔青年死亡事件，引发了民众的抗议，抗议活动甚至蔓延到美国各地。想一想，那么多人冲上街头，都是因为一个青年被粗暴地夺去了生命而感觉到愤怒、不公，以及对这个国家的失望。那么多年轻的人，他们不能接受一个人的生命仅仅因为一个执法者的肆意妄为而被随意夺走。他们不相信世界可以这样不公平。于是他们走出去，想要呐喊、战斗，想要流泪，想要更加无所顾忌地大笑，想要人们都记住这次事件并做出改变。

他们是多么有激情啊。他们对这个世界有一种改变的热情和信心。而这些，我好像早就没有了。我满足于在自己的感觉里漫游，守在一个房间里想象。与他们相比，我的生命是成熟了还是腐朽了？是变愚蠢了还是智慧了？这样是好事还是坏事呢？

不管怎么样，我已经是这个样子了，再也回不到激情四溢的年龄了，真让人难过和无奈。

无论如何，都要为那些呐喊者喝彩。我是真心佩服他们。懦夫总是在勇者面前自惭形秽，而勇气似乎是天生的。一个天性懦弱的人，倘若突然勇敢起来，那种勇敢总是显得不成熟，有些牵强，而不像天性强大的人那样游刃有余。我就在心里默默支持吧。

不过，也许过几天，因为他们的聚集，疫情的数据又要大幅度上升了吧。虽然他们大部分还是戴着口罩的，但对于激情战斗的人，口罩肯定是一个障碍，不会戴很久的。那么，更多的感染者也必将出现。

假如一个抗议者和一个警察，曾经对峙的他们相遇在新冠病房里，会是什么情形呢？会不会互相友好地打个招呼：伙计，职责所在，你懂的？

二

连着看了好几次落日。奇怪，都是挺冷的日子去看的，天气暖和了以后，反倒没有兴冲冲地赶过去了。为什么呢？

也许是花开了，温暖了，黄昏的时候在随便什么地方走走都很惬意。晚风温和，里面总包裹着青草和花的气息，人便很容易沉醉，觉得这就足够美好了。

于是，在不远处的港口和海边，盛大辉煌的日落就只能孤单地进行。其实，它不会孤单的，至少路边的汽车会停下来，但总是少了一个我吧。毕竟我曾经特意过去，那么隆重地想要欣赏和赞美它的动人之处。

每一个日落都是相似的，每一个日落又都同样地美，同样伤感。日落是一个结束，它落下的时候，你不会想到明天的日出，而只是沮丧地看着黑夜来临。

小王子曾经在他的星球上——那个小小的几步就能走完一周的星球——提着小板凳，追着落日看。他曾经连续看了好几百次日落。他在他的星球上真的没事可干，但没事干也不一定要伤感。

他默默地看了那么多次日落，内心的伤感究竟有多深呢？总是一个人孤单地待着，哪怕有朵玫瑰相伴，寂寞也总是很深很长的吧，寂寞到甚至日落都是一个事件，是一个陪伴。

而我现在不那么热衷于去看日落了，是我的伤感减轻了吗？我是变得麻木了还是习惯了？或者是解脱了？我也不知道。

三

我似乎一直在避免与这块土地建立真正深长的牢固的联系。

我至今仍然认为这个花园不是我的。那些盛放的杜鹃，正红色与粉红色相间，间隔着种在草地的四周，大花与小花都有。它们以前肯定是按着一定的距离规律种植的，但是因为生长的运气不一样，有的愈发高大，开出的花朵鲜艳而壮实，就连落下的花瓣都显得鲜嫩多汁，而有的则瘦小紧缩，只能勉力开出细瘦的花来，应付完这个春天，也许就会渐渐干枯死去。

植物跟一切生命一样，哪怕是比邻而居，也有着截然不同的命运。

这个花园的设计思路我很喜欢，中间是平阔的洁净碧绿的草地，只在四周种些花树。坐在花园里，看出去是一片开阔的草地，非常舒服。但是，这不是我的。

如果是我，至少会有一棵樱桃树吧，在春天别的花刚刚要开的时候，就已结出红红的果实，像最乖巧的孩子，非要第一个把自己的成果呈到父母眼前，在他们的赞叹和惊喜中感受得到认可的喜悦。

如果是我来设计，还会有一棵苹果树吧。从粉白的苹果花开放的那一天起，我就焦急地惦念着它的果实，今年会结出几颗呢？

因为有果树，我会更留意每一片树叶，担心虫子会威胁到果实。我会想办法喷洒药物来杀虫，然后再去仔细地翻看叶子表面、背面……

如果是我来设计，一定会有丁香花的。我这几天路过几户人家，分明闻到了丁香花的香气，循着香气，还真的看到了丛生的丁香花，那花的香气与北京的香气是一样的。

想家真是一件很麻烦的事。你不只是想某样东西，而是想念那整个世界。一顿味道熟悉的饭，一缕花香，甚至是一牙新月，都可能不期而至地引你思乡。

我还会在阳光正好的地方，仔细地围起来一小片地，给它施肥，装上又密又结实的栅栏，在里面种上青菜、小葱、辣椒、茄子。每到做饭的时候，我就会大声喊：叩叩快去菜地里给我摘一棵小葱来。他照例嫌烦，嘟嘟囔囔地磨蹭一会儿才去。

现在的花园最大的问题就是太单纯了，光顾着美，没有一点儿让我烦恼的地方。

一个人或是事物，你若不曾深深地为之烦恼，就不能建立真正牢固的联结，你就很难找到深爱他的理由。爱就是在烦恼中互相确认的呀。

不过，前院里的两个小花坛，去年是种了草的。

这里的花园，草的元素都运用得很好，很少有人家不种观赏草的。不止一家种了那种高大的狼尾草，初夏的时候会有巨大的“尾巴”长出来，在阳光下有一种透明的质感，明明是毛茸茸的感觉，却又显得很有力量，在风中拂来拂去，威风凛凛，有一种野性的美。秋天的时候，这种草会通体枯黄，但仍然不露颓相，能精神抖擞地挺立一整个冬天。最有意思的是，它还很听话，不会四处蔓延。就像狼一样，深知自己的地盘范围，绝不侵占别人的领地。

我们这两个花坛的草并不是狼尾草，草叶要绵软得多，经过一个冬天已经像稻草一样无力了。每次从外面游荡回来，远远地看见那垂头丧气的两坨黄色，我就有点儿不开心。

趁着出去买东西的机会，我偷偷跑到园艺中心去买了花回来。然后费了很大的劲儿把花坛清理出来，种上了花。还有几盆鼠尾草，紫色花穗很像是薰衣草，种在入口处，看起来很清雅。

现在，若有人路过，便会知道这是一个有人用心去爱的人家了。而我这么用心，是为了面子还是因为喜欢植物呢？我终究还是一个虚荣的人啊。

2020.5.30

二九　节省感情才能保持天真

一

早起总是令我不知所措。突然多出来好几个小时，就像是发了一笔横财，猛然间不知道怎么花才好。外面静悄悄的，好像这个世界都还在沉睡。

原来，清晨也可以是松弛的，没有方向的，不止我一个人想要在睡梦中打发掉这段时间啊。

外面的空气有一种说不清道不明的香气。昨天蔫倒的鼠尾草，在我浇足了水以后缓过来了，现在精神奕奕地聚拢在一起，看起来长高了不少。本来指望靠天吃饭、只管种不管浇水的懒汉策略，估计行不通了。

蓦地一抬眼，不远处的路上有一只黑色的大鸟，精瘦精瘦的，它站在那里，虽然背对着我，但是头微微向左偏一点儿，眼睛骨碌碌乱转。定睛一看，它有着弯弯的喙，天哪，是一只黑鹰。它为什么会来这里呢？我一下子想到了每天在树丛里、草地上轻快游戏的兔子和松鼠，你们要小心啊。

我怕吓走它，这可是我多年以来第一次这么近距离地看到鹰呢。我一动不动地盯着它，它也不一动不动地盯着我。几只小黑鸟倒是不怕它，特地从树上落到鹰的旁边，叽叽喳喳地围着它叫个不停。

鹰还是不动，它的姿势紧张而威严，与肥胖大雁的松弛截然不同。它牢牢地站在原地，并不打算在地上走动。雄鹰是天上的鸟，而麻雀啊、大雁啊，都是地上的鸟，喜欢在地上跳来蹦去，聒噪不停。天上的鸟只飞不走，更不会轻易出声。有谁见过一只鹰摇摇摆摆地走在路上呢？又有谁听见过鹰在大喊大叫呢？

它大概深知该怎样做一只高贵的鸟吧。

不知它是不是被麻雀们吵烦了，缓缓地拍拍翅膀，慢慢地起飞了。它起飞时是垂直向上的，慢而稳定，就像是国王起驾了。旁边有只麻雀，闪电一样飞掠到鹰的前面，它可能是个愣小子，想要证明自己比鹰厉害吧。弱者总是不合时宜地炫耀，真让人替它尴尬。

路上有只松鼠宝宝的尸体，可能是被汽车压死的。扁扁地、薄薄地铺在地上，就像是一张纸。我唏嘘了一通，却无计可施。

世界上有这么多美丽的东西转瞬即逝，我们要学会对此不动声色。心是会慢慢变硬的，即使内里温暖柔软、饱含感情，外面也一定要有坚硬的外壳。这是生活教给我们的，但这并不是缺点。

二

右边邻居家的狗狗二蛋很久很久不出来在花园里叫了。它以前最喜欢冲着我们后院狂吠，自从叩叩有一天无聊，跟它对着叫以后，它好像主动判断自己输了，从此鸦雀无声。它不知道的是，其实我们很喜欢听它叫。

它一定年龄不大，才会判断错误。一只会犯错的狗多可爱呀，你能找到理由奚落它、训斥它或是假装嘲笑它，而心里其实喜欢它喜欢得要命。太乖的狗狗总是让人心疼，像个道德楷模一样，严于律己，谨慎从事。它拼命克制自己所有的动物本能，只求可以生存下去。

如果一个家庭连宠物都要终日谨慎行事、不敢撒娇、不敢放肆，那这个家庭我是会敬而远之的。

所以呢，我总是鼓励狗狗任性一点儿。当家里的狗狗偶尔做错事，看它挨说，灰溜溜地低头钻进桌子底下，也是养狗狗的一大乐趣。

小区里还是有些人家养了狗的，我们总是能听到远处传来的狗叫声，也时常见到一些狗。这里的人总是小心翼翼地牵着绳在路上遛。这些狗狗都很温顺，没有一只冲动型的。它们像老人一样，沿着路边慢腾腾地走路，无精打采地撒尿，看起来都觉得乏味。有时候它们会使劲儿打量我，我也微笑地看着它们，可是总感觉语言不通，不知道说些什么。

对它说“Hello, puppy”？可它们看起来都不像是可爱的狗宝宝，并没有那种淘气或是讨喜的样子，很难说出逗引它们的话。只能像是对它们的主人一样，轻轻地挥挥手，就过去了。

在国内可不是这样，小区里大部分的狗我都叫得出来名字，如果出门遇上，它们从老远就摇着尾巴冲过来，求摸求抱，让人心里热乎乎的。我已经见过两只狗狗老死了，它们的死是悄无声息的，只有养狗的人们偶尔互相提起来说一句。它们显得那么微不足道。

我总是听养狗的人忠告我：你可千万不要养那玩意儿，太拴人。现在想起来，这不是典型的得了便宜还要卖乖吗？被一只动物深深地爱着，深深地依赖着，每天毫无保留地需要着，这是何等美好的体验。

对于爱情，没有人敢有这么高的期待，但是一只宠物很自然地就达到了这个境界。这么说的人，已经不经意地暴露了他的感情，他早已在内心里倾其所有了。而我们是羞于承认自己的感情的，尤其是对于一只狗。

我是多么想念我的狗呀。在养狗之前，我从来不知道世界上还有一个生命会这样在意我。它一定要跟我走在一起，或者不断地回头看我打算往哪个方向走，以便跟我保持一致。如果我坐在沙发上，它一定会第一时间跳上来，把头枕在我的腿上，先是专注而安静地看着我，继而舒展身体享受一下抚摸。

如果我说哥哥快回来了，它一定会在门口蹲着，仔细听着每个声响，以便第一时间提醒开门。它总是无保留地爱着家里每个人。

人类是多么幸运，会有这样一种动物，把对人类的爱写在基因里，从出生的那一天起就做好了爱人类的准备。

这也是多么大的不公平啊，即使人类以它们为奴隶，为食物、衣服，它们也不改初衷。即使无数次被人类背叛，它们依然选择无条件地信任。

为什么会这样呢？想到这里，我替人类感到深深的自责。

对于这个世界，对于感情，狗狗一定懂得非常多。它们那么聪明，怎么会看不透世间的事情呢？也许它们只是找到了一把钥匙，只有它能够打开人类的心房。可惜有的人是没有心的。

我多么想念我的狗呀。因为担心它在朋友家里会以为自己被抛弃了，家里的阿姨特地赶回北京，专门陪伴它。虽然是在熟悉的环境里，一切看起来都没有改变，但它一定非常困惑吧。世界上最疼它的人们，为什么这么久还不回来呢？

男爵，我知道你是一只聪明的狗狗，你一定知道我们都很想你。你不要太想我们，作为一只狗狗，你的世界不需要太复杂。你只要开开心心地每天在家里待着，出门在外的时候跟你喜欢的小伙伴一起玩儿，这就够了。

你要节省你的感情，这样，等我们回来的时候，你就还像以前一样天真！

2020.6.2

三〇　野花需要谄媚吗？

一

自从前两次去公园受阻，有好长一段时间，我不再试图去公园。但这段时间的长岛，正是一年中最美的时节，我实在按捺不住，今天午后，我跟叩叩一起又去了考姆塞特州立历史公园。

叩叩真是不爱出门，如果不是我软硬兼施，他肯定还要在书桌前对着电脑坐一天。他才十三岁，正是长身体的时候，天天长时间地这么坐着，视力、身高都会有问题。我愁得不得了。

如果要他打篮球，需要有伙伴一起才有意思，羽毛球就更不用说了。唉，我的体力不是太好，前几天跟他打完羽毛球，我直接累得倒头就睡，晚饭都没时间做。后来他就力邀爸爸和姐姐陪着投篮，这样每天还能玩儿上半小时。

天气阴沉，时有小雨飘洒下来。我们出发的时候，把水和雨伞都装在了背包里。如果天晴，我们有水；如果下雨，我们有伞。谨慎的叩叩这才放心跟我出去。

他说："妈妈，你心里的那个野丫头是不是又开始闹事情了？"

我说："你小时候那么活泼，现在为什么这么宅？"

他笑，我也笑。双方各进一招，平局。

二

天气不好，公园里的人很少，简直像冬天一样冷清，走很远才会遇到一个人。阴沉的天光下，旁边是茂密而阴暗的森林，参天大树沉默压抑，我有点儿不安。

上次我们过来还是初春时节，那时枯黄的草地现在已变得厚实绵软。三叶草圆圆的白花铺满了宽广的草地，在草地与森林相连的地方，野蔷薇像是一面墙，更像是一道分界线，把二者分隔开来。

说起野蔷薇，我是有点儿失望的。在我的想象中，它们应该是复瓣的，色彩丰富美丽，有甜蜜的香气。我天天去家附近的森林里查看，终于等到花苞开放，没想到却是这么平凡。

白色的细碎小花并不繁密，香气更是若有若无。我把鼻子凑上去，使劲儿一吸，差点儿吸进一只小虫子，但仍然不确定自己是否闻到了花香。不过，不臭是肯定的。它们在森林边缘恣意生长，但又到不了铺天盖地的程度，所以，花海也没有见到。它们跟其他的野生灌木其实差不多，我都不太想承认它们是蔷薇了。

在国内见到的蔷薇，有粉有白，动辄开出一面墙来，我觉得那才是蔷薇呢。

但仔细一想，是我的观念有问题。它们本就呈现了最普通的野花应该有的样子呀。朴素，淡雅，颜色、气味和形状都没有吸引人的光芒，这样的野花才不致引起别人采摘和移挖的贪念，才可以有默默生存的机会。它们又不是人工培植的产物，自然不会有培植鲜花的那种几乎可是说是“谄媚”的美丽。

艳丽、芬芳、花朵硕大，那都是人类对花儿的期待。野花根本不需要遵从这个原则生长。它们可以恣意伸展身体，花朵虽然细碎，但是基因纯正，能够抵抗严寒与酷热。它们只须遵循自己的生命规则，多好呀。

有了它们，幽暗的森林里随处都有了光。它们一丛一丛地与其他植物纠缠着，幽微的香气汇合到一起，四周的空气中暗香浮动。

我忍不住闭上眼睛，张开双臂慢慢行走，陶醉在巨大而美妙的芬芳之中。

三

路人三三两两地开始出现了，有慢跑的，有散步的，也有骑行的，大部分是在往门口的方向行进，估计是担心雨会下大吧。

遇到路人的时候，我总是拿不准打不打招呼。有些美国人很热情，可是也有些人比较冷漠。但是，今天的情况不太一样。路过的白人都跟我们微笑着打招呼，或是招手或是点头微笑，比以往热情很多。叩叩也注意到了这一点，这让我们此前的紧张心情慢慢消除了。

叩叩开始吹口哨了。他在家里吹口哨的时候总是遭到抗议，希望他停止，但这里是户外，草地广阔无边，森林幽暗深远，不会打扰到任何人。他自由自在地边走边吹，即使走近我，我也不觉得烦扰，反倒感觉很悦耳。他还邀请我一起吹，我只吹了一支歌就感觉两腮发酸，他却能不知疲倦地一直吹下去。

我喜欢看他，一个清瘦的少年，在天空下双手插袋，自由自在地吹着口哨，仿佛生活中一切的烦恼都不存在了，每天无尽的功课和父母无尽的忧虑也都不存在了，这才是少年时光应该有的样子啊。

当然，我也希望他能有伙伴一起，尽情地运动，挥洒汗水，尽情地为智力上的挑战兴奋不已。也许，这样的日子很快就会到来吧。

回到家，跟啾啾说路上所见，她笑说，现在的情况是跟以前不一样了，白人普遍有一种负罪感，觉得自己以前做得不够好。所以他们现在友好了很多，捐款的热情也很高。

看来，这里还是有高素质的人群，以后也许会更好吧。

四

这两天我很低落，写不出来田园牧歌的东西了。我的眼睛无论看向哪里，都看不到诗意。似乎对这样的生活，我再也找不到可说的了。

这个时候，激情也消失了。以往可能引人浮想联翩的某个语句、某种暧昧，此时都变了样子，没有了吸引力，没有隐藏的含义，更不会让人怦然心动。

我并不害怕这样的时刻，有时候甚至喜欢这样的时刻。以前总是张牙舞爪地要把生活牢牢吸住，现在呢，突然累了，松开了。感官睡着了，连带着快乐、活力、欲望都淡化了，仿佛梦境一样，人与这个世界的联系变得单纯而僵硬。

世界对我暂时失去了吸引力。我喜欢这空白，太需要这空白了。

为什么一定要每天都兴致勃勃，都可爱有趣呢？就像动物需要冬眠，人也是需要休眠的。休眠过的人，才会有成长的年轮，才会在停止和奔跑中找到平衡。

一直奔跑的人，一直奔跑的人生，肯定会多一些紧张，而少一些从容吧。

人这漫长的一生，要在理性与冲动、激情与麻木中间不停地转换和往复，真是不容易，所以要一直勇敢下去，当然那是明天的事了。

2020.6.5

三一　没有什么是一顿美食不能解决的

一

啾啾和叩叩在打篮球。我过去看看，他们立刻围过来神秘地说，发现了奇怪的东西，可能是史前动物、怪兽。我问在哪里，他们指给我看路边的一块白花花的长着锋利牙齿的骨头。我一看，哈哈大笑：这是我们家上次吃的带鱼的头啊！

不过，猛地一看，真看不出来是鱼头的一部分，那牙齿细密尖锐，微微倾斜，看过去就扎眼，想要打个冷战。

几年前我们去巴黎的时候，住在古生物博物馆的隔壁，透过窗户就能看到密密麻麻的动物骨架，不过那些都是巨型动物，比这个大得多。记得当时我们特地花了半天时间参观，穿行在动物骨架的森林里，叩叩一直闹着要走。

那些阴森森的东西可能吓着他们了，不然怎么会想象力这么丰富？

可鱼头为什么会在这里呢？难道这两天垃圾桶被浣熊翻过，

因为鱼骨头已被舔得干干净净，浣熊也吃鱼吗？

姐弟俩听我这么一说大失所望，又去打球了！妈妈总是不解风情，令人扫兴。

在长岛，买食物是一件再痛快不过的事了。这段时间我们不再去超市，转去一家食品批发商那里买东西。一条四五磅重的大带鱼，一米多长，又宽又肥，大概只要 70 块钱人民币。

我去取的时候，鱼装在长长的纸盒里，华人小哥在后面一再提醒：要从后面拿，然后手托住它的头，不然会受伤。我还嫌他多嘴呢。

大带鱼的眼睛圆睁着，像猫眼宝石一样泛着碧绿金黄的光芒。它长长地平躺在菜板上，令人无从下手。它太大了，整只放不进冰箱，只能斩成三截。注意，是斩不是切，我要把刀在鱼身上比一下，高高地举起，使劲儿剁下去，才能斩断。它真是一条很大的鱼，头都有我手的一拃长，肚子里还有很长很长的一条鱼子。

能长到这么大的鱼，一定是很聪明的，不知曾经在海里机智地躲过了多少危险，没想到最后终结在了我家的厨房。不过，我绝不会纵容自己替一条鱼悲伤。

在这家食品批发商店，这样大的带鱼有很多。我每次去都要买一两条，并不是说我有多爱吃带鱼，实在是因为我以前真没见过这么大的，买回家心里高兴，其实冰箱里已经放了好多截了。

前一阵儿，我买了一袋很大的蛏子，误打误撞地做得非常好吃，还买了好多黄花鱼，红烧出来美味无比。有一天，我忍不住买了一条大墨鱼，有五磅重，不知为什么它是雪白雪白的一大坨，根本看不出来是什么形状，冻在冰箱里，像是一大块结结实实的冰，我一直没想好拿它怎么办。

我发现，好像食物不同，人的生活也不太一样。大块吃肉大碗喝酒的人，与精脍细炙细嚼慢咽的人，基本上就不是一个物种。而我，在向着哪个方向进化呢?

二

心情好的时候下厨，真是一件令人愉快的事。

不仅手脚利落，头脑敏捷，而且对于要做的菜充满热情和信心。平时想不到的搭配，或是有时候照顾不好的火候，这时都不是问题。更会有灵感迸发，做出意想不到的新菜来。

而情绪不好、身体欠佳的时候，情形就正好相反。不仅满腹怨言，身体迟缓，而且味觉迟钝，兴致缺缺，什么创意都没有，只要能够凑合过去就行，绝对不会认真对待。

最日常的做饭，其实也是一场精神的活动，更是心情和情感的具体体现。

记忆中，远行归来，母亲做的满桌子好菜，是家的象征，是温暖和归宿。事实上，因为那桌菜是母亲带着长时间的思念和爱，饱含着感情做出来的，它本来就比日常的料理要用心得多，美味是有来源的。

所以，如果一个女人有一天不想做饭，请一定让她远离厨房。

当她重拾对于美食、对于家人的关心和爱之后，她会再次满怀喜悦地进入厨房。那时，每一棵葱、每一枚土豆、每条鱼、每粒米，在她眼里都会重新成为独具魅力的存在。

那个时候，经由魔术般的烹饪，最家常的菜肴都将焕发出绝妙的味道。

三

我最拿手的是红烧，叩叩还喜欢我做的发面饼，即便在大半夜里烙出来，他也会惊喜地吃个不停。

无论是鱼还是肉，一经红烧，就会变成截然不同的事物。那些奇妙的香草和调料，给原本赤裸裸甚至是有几分残忍的食材，裹上了精神的外衣，使它们从泥土里、从动物的形象里脱离出来，变得更像是食物，更抽象，更像是文化的产物，而不仅仅是果腹之物。

在国外的超市里，看着一排排货架上放满了我不认识的香料和不需要的食物，是我最孤独的时候。它们比大街上满耳朵的外文更让我觉得自己是个异乡人。它们代表着一个完全陌生的世界。一个人，倘若不能接受当地的食物，只是忆念故国的味道，那么，在他灵魂的最深处仍然是没有融入所在之地的。

味道即故乡啊。

而做饭，这么一个千百年来被人类无数次重复，而且将永远重复下去的、看似最没有诗意的行为，却是诗的沃土。没有餐桌上的美味，喝酒的雅兴就无处着落，没有餐后柔腻清甜的汤，何来人生嗟叹。

饱足之后，对于人生的看法也会不同。

饥饿的时候，我们的感觉急迫、尖锐、阴郁，生命里的一切其他需要，在那个时候都是次要的，只有一顿饱餐能够拯救这时的悲观。

而饱足的人，会整个松弛、柔和下来，笑容重新出现在眼里，对待眼前的事情、未来的事情甚至宇宙的事情，都宽容起来，乐观起来。

就是这样，没有什么是一顿美食不能解决的。

人这一生要做多少顿饭啊，在清晨的日光中，在深夜的星空下，在炉火的柔光里，人们在默默地准备，耐心地烹饪。

做饭不是一项卑微、机械的工作，而是一件未经充分赞美的，对于生命来说最重大的事情。

2020.6.7

三二　什么是更好的生活

一

现在真的是夏天了。我们都穿上了短袖，身体因为持久的温暖而放松下来，不用天天谨慎地保暖了。

草地上，各种小动物母子同框的景象也越来越常见。小松鼠从来不跟妈妈一起出来，而小兔子和小獾却总是在妈妈身边。

最近，小家伙们的胆子也越来越大了。前面林地边缘，总有一只胖乎乎的小獾在独自玩耍。它假装害怕，每次一看到我就钻到灌木丛里去。可有一天，它出现在了我们的后院，不慌不忙，熟门熟路，显然是常客。

与它不同，另一只小獾宝宝总是跟在妈妈身后，一起俯在草地上觅食。最多有时候会站起来，使劲儿往我这里看，一跟我对上眼神就赶紧又趴在地上。

它们的身量增长得很快，估计再过两个月就跟妈妈一样大了。几个月后，它们会迎来人生的第一个寒冬，时间真是过得飞快呀。

我还在后院里看见过一只小老鼠，它看起来也干净活泼，在灌木丛下刨来刨去，享受着这个万物生长的季节。仔细一想，老鼠也是野生动物，这一点好像早就被人忽略了。人们总习惯性地以为，一种动物如果能在房子里看到，就不是野生的。

植物生长得很快，各种野花次第开放。我摘了一把野花，插在花瓶里。终于可以仔细观察它们了，它们细小精致的美丽突然清晰起来，紫色的小花瓣像个王冠，金黄色的花蕊与紫色非常搭配。这束野花比我院子里种的花还好看。

世界上越是细致的美丽，越是需要全神贯注欣赏。倘若只是匆匆瞟一眼，那么它的色彩、形态中的全部匠心，都无法被看到，你便由此忽略了一份上帝独特的造物，世界上有一份独一无二的神秘没有向你打开。

对于世界，这没有任何损失，而对于你，损失可就大了。可能终其一生都少了一份惊喜。好在自己不知道，人不可能为自己不知道的宝藏而难过吧。

倘若我们从没有错过什么，生命里就会堆满各种珍贵的东西，会不会过于拥挤呢？错过也许是一种聪明的选择，谁知道呢。

二

我最喜欢出门了。

虽然每次出门都需要事先找理由，有点儿麻烦，但是不出门更难受。奇怪的是，家里其他人都没有这种需要。我分析了一下原因，估计是因为我小时候在农村长大，终日在野地里转悠，而且是无所事事的孩子式的转悠，所以与大自然建立了一种我自己都未能察觉的联系。时间一长，这种联系几乎成了本能，成了基本需要。

有段时间，也就是啾啾小时候，我们在一座塔楼里住了三年多。那是我最不喜欢的房子，房间的大小倒不是问题，问题是终日被高高架在远离地面的地方，感觉自己是一株盆栽，随时都有枯萎的可能。楼下的绿地只有小小一块，那里出现的人比树叶还多。四周高楼里的孩子们都被圈在那块绿地上长大。

每隔两个星期，我都必须去郊区走走，如果不能出去，就会烦躁异常。那时候啾啾很小，还在上幼儿园，没有功课负担，我每次出去玩都会带上她，可就算是这样，她仍然跟我不一样，她很宅。

只有我对于定期外出有着异乎寻常的需要，只有我需要时常在户外与风、雨、阳光、树木、昆虫在一起，对四季敏感，对自然再粗劣的方面也毫不嫌弃，有发自心底的热情。我不敢想象被永远禁足在斗室的生活。我可能还是太浅薄了。

谁说内心生活一定要在室内发生，在静止中推进呢？真正的心灵生活，一定是在内心最有活力的时候质量才最高。

唉，这么说好像我外出有了高大上的意义，其实说白了只是贪玩。

三

最近总有些恍惚。昨天独自开车去布鲁克林，手机在车里，因为正好在阳光下，不知不觉晒得滚烫，后来就不工作了。我全程没有音乐可听，按理说应该可以神清气朗、全神贯注地驾车吧，但其实头脑里一直浑浑噩噩，注意力全然不知在何处，就那么糊里糊涂地开着车。

恍惚的时候，对于眼前的事物好像看不清，而远方的、过去的或是缥缈的事情则在头脑里盘旋。这种时候，我与身边的世界好像隔了一层玻璃，看得见、听得清、摸得到，就像在一个非常真实的梦里。好在我车技过硬，一点儿也不影响。

通向城里的高速公路比以前繁忙很多，堪称车流滚滚。过了皇后区接近布鲁克林的时候，就开始堵车了。我在车流里亦步亦趋，偶然看见旁边的大桥上，一排排示威游行的年轻人手里举着牌子，每隔一米多一排，无声凝重地前行，那种郑重和肃穆，使这支队列有一种神圣的意味。我几乎在一瞬间泪流满面。

为什么流泪，我也说不出来。我只是被他们深深感动了。是被那肃穆的气氛感染的吗？还是他们的认真？他们走在自己熟悉的土地上，才有这种想要认真生活和改变的激情。而我只是一个过客。这个瞬间让我清楚地认识到了这一点，我太想家了。

公路上的货车也很多，大家都匆匆忙忙。看来生活真的要重启了。

四

北京的家园子里的杏熟了，我邀请朋友们去摘。他们发来了很多充满欢乐的照片。小狗男爵也在，跟每个客人都很亲，抱着装杏的筐子，笑得眼睛都眯起来。它平时的生活一定很寂寞吧。

那棵树上的杏熟透的时候，果核周围会有一层蜜汁，果肉饱满松软，有一种微酸的甜。

那棵树呀，每年都让我非常心疼，是的，心疼。它每年都会竭尽全力，结满树的果子，从小时候就这样。果子成熟的时候，满树金黄，果实硕大，非常美丽。它们看起来如此诱人，年年都会引得路人偷摘。

我曾经天真地决定，靠近围栏的那些树枝不要修剪，果实都留给路人。没想到，这样的后果是他们越吃越馋，甚至跳进院子里扫荡一空，把树枝折得乱七八糟。后来，我就学乖了，种了带刺的植物遮挡起来。

那棵杏树长得高度适中，很便于采摘，枝干粗细正好，有结实的分叉。它就像是为结果子而生的。每年收完果子以后，它就像一个刚刚生产完的母亲，头发凌乱，衣衫不整，但是如释重负。

一个园子只有经过几年的磨合，才能了解土壤的属性，风在里面是怎样流动的，哪个角落种树总是会死，而哪个位置的菜长得最好。园子是有生命、有个性的，你越是尊重它，它就越能取悦你。

有十年的时间，我流连在这个园子里，倾听它，观察它，而现在，它独自静静地在离我数千公里的地方，默默地滋养着各种植物。它仿佛在尽力地维持着原来的模样，以便主人回来的时候不至于过分惊讶。

我对家里的一切都无比牵挂。

当我把注意力放在远方的生活时，眼下的生活就会虚化而不真实起来。可我无论多么努力地把注意力放在长岛的生活上，也还是感觉它不真实。我失去了两边的真实，是不是现在的生活本来就是不真实的呢？多么奇怪。

总有朋友劝我留下来。可是我真的做不到。我试图告诫自己生活在当下，可好像也做不到。对于生活，我好像没有找到正确的态度。

什么是正确的态度呢？不为做不到的事情担忧就是正确的吗？享受当下的生活就是正确的吗？那心里的牵挂和思念，对我也是真实的存在呀。

思乡还需要理由吗？

昨天见到一个朋友的孩子，我以前见过他，那时他还是少年，现在已经是个大学生了。他平静愉快，大方却又害羞。他很开心，因为费了很大的劲儿抢到了一张票，再过几天就要回国了。

因为这张机票，滞留在这里的时间变得有期限了，因为那个期限的存在，喜悦也慢慢地聚拢，朝向它一天天走近。而眼下的日子都因为期待而充满了内容，无比充实。

我很羡慕他。如果不是顾及一家人的健康，我一定也会像他一样，再艰难辗转也要回去的吧？遥遥无期本身就是一种惩罚呀。

五

什么是更好的生活呢？劝我们留在这里的朋友说，这里有更好的生活。确实，环境、气候、食物、教育资源都很好。可是，这真的就是更好的生活吗？心总是悬着，离根那么远，终于不再悬着心的时候，也许是因为彻底绝望了，这样的生活不也是有残缺和无奈的吗？真困惑啊。

人只有一生，来不及穷尽更多的选择。

假如我在这里认认真真生活了，就辜负了原来的家，原来的城市；如果轻轻巧巧地撇下那一切，会不会在某次午夜梦回，感到一种浓浓的惆怅呢？人总想着不要辜负，不要遗憾，但是有所选择必然有所辜负，那被辜负的一切仍会牢牢地占据着你记忆的一角，直到被遗忘。

怕什么遗忘呢？一切都走在被遗忘的路上，遗忘的队伍浩浩荡荡，遗忘之路是最不孤单的。

假如被遗忘的一切都去了同一个地方，遗忘的世界会多么博大永恒、浩瀚无边，遗忘也许就是另一个真实的世界吧。

2020.6.9

三三　被祝福过的日子

一

从地图上看，长岛真长。它的西侧紧紧地连接着大陆，东侧冲着大西洋遥遥地斜插过去，向东北方向延伸了很远。好像它在进入大海的过程中被削减了力量，最前面的部分被撕裂了，成了“丫”字形。好在英文不是象形文字，这要是在中国，说不定就叫“大丫岛”了，多没意思。当然，长岛这个名字也不见得很高明。

这个长长的半岛三面都是海，海岸线漫长曲折，还有很多的小岛散落在附近，可想而知，会有不少值得探索的神秘之地。

奇怪的是，虽然长岛被大海这样包围着，但气候并不潮湿，空气中很少有那种黏腻的感觉。海风随时都可能横扫或贯穿这一条细长的陆地，使它不会长时间处于阴霾闷热之中。即使在看不到海的地方，大海也一直在滋养着它。正午阳光暴晒，但阴凉处总是怡人的。

长岛既不是城市，也不是乡村。在这里可以很轻易地享有一切生活便利，又能随时置身在大自然当中。把车停在车场，搭乘火车，不消多长时间就会出现在世界上最繁华拥挤的纽约市中心，出了车站拐两个弯就可以去梅西百货买买买。而回到家里，后院旁就是蓬勃恣意、仿佛要满溢出来的原始森林。

所以，长岛的居民都是一副岁月静好的模样，看起来既不像精明细致的城里人，也不像粗放随意的农场主。总之，长岛人就是长岛人。

夏季，长岛的港湾突然热闹得像是集市。大大小小无数的游艇帆船仿佛一夜之间出现在了海里，沙滩上有现成的搁架，五颜六色的冲浪板倚放在那里，煞是好看。长岛露出了它度假胜地的面貌，也悄悄地显露了它的财富。

在长岛驱车是一种享受，大部分时候都是行驶在林荫道上，哪怕是随意拐进一条不起眼的小路或是误入一片山林，目光所及皆是精心打理的花园和赏心悦目的房屋。在最散漫的乱林深处，也能适时找到一张可以休息的长椅。

我常常羡慕这里的人，也会感叹这里竟会有如此多生活富足的人。财富的积累、对于生活中种种享受的接受与习惯，是一个漫长的过程。所谓“三代人才能培养出一个贵族”，大概就是这个意思。

一个人倘若总是在为医药费、伙食费、养老金焦虑，哪会有真正安心的享受，真正投入的游戏？精致的生活需要有对于未来的稳定信心，对于眼下生活的稳固把握。

唉，我对长岛还说不上了解。只是待了五个月，大部分时间还处在禁足状态，接触到的本地人用十根手指都能数过来。

我看到的只是它最表面的部分，像其他地方一样，它也有着自己的沉重和无序、黑暗和贫穷吧。在我看不到的地方，一定也有很多人在绝望中挣扎，在经历着无法言说的伤痛吧。

这里毕竟不是天堂，也不是乌托邦。

而我，只满足于看到它最表面的地方。深入的生活需要付出情感，我好像并没有准备好。

二

夜晚总是让人感到放松。吃完晚饭，哪怕无事可做，一家人也还迟迟不愿意离开餐桌，就围在那里你一句我一句地闲聊，越说越不愿意动，最后总是有责任心的那个人起来收拾。

我家最先起身的总是先生，他对于生活的秩序有很多潜在的规则，比方说，没洗的碗一定要泡在水里，这样洗碗的时候或是放进洗碗机的时候都会很轻松；无论餐桌上剩下什么，都要单独找个盒子装好，放进冰箱里明天再接着吃。

这些规则都有自己的道理，可是，并不一定令生活更方便。水槽里浸泡的碗会影响洗菜，而那么多盒子又会带来更多需要洗的东西。

我们总是为这些细节争论不已，有时候难免不开心。一旦为家务争得面红耳赤，互相不说话，就需要先生的宽容来力挽狂澜，不然有时候就很难收场了。

家务看起来是小事，但事实上真是大事，它占据了日常大块的时间，重复性极高，成就感又极低，而且令人疲劳不堪。比方说我，如果今天精心做了晚餐，那么该去跑步的时间到了，我已经只想瘫坐在椅子上了。

不过，收拾完厨房，我觉得夜晚才真正开始，白天的一切烦恼仿佛也准备沉睡了。晚风从纱门吹进来，携着浓浓的青草气息，让人瞬间松弛下来。

最近这段时间，随处可见的野蔷薇把让空气都浸染上了它的香气，勾引得我整天都想站在外面深呼吸。

长岛的夜空更是令人流连。如果天空纯净无云，四野就陷落进茫茫的黑暗之中，只剩下黝黯的一抹轮廓。头顶清亮的星星安静、清晰，如一颗颗钻石点缀在深蓝的夜空中。这样的夜晚就像一个能与你共享沉默的朋友，静寂无声息地互相陪伴，单纯而深沉，轻易地便把你带入到无边的静默之中。

如果有月亮，再有云，那夜空就像是一曲热闹的交响乐了。月光轻洒在每朵云上，云海像白色的花海，铺满整个天空，恍若一个美丽到令人叹息的梦。我会站在空旷一点儿的地方，转着圈看，生怕错过一个角落，内心被这样的繁华深深地震撼，深深地折服。

若是有风，云就会来来回回，匆匆忙忙，非要从月亮上掠过，让月光黯淡一下再走开。云朝向月亮的那一面雪白明亮，另一面则是深灰色。有时候很多的云一齐向月亮涌过来，你以为世界马上就要重陷黑暗，但是云却调皮地围成一圈，只是停留在月亮的周围，像是一个厚重的花环。又像是想要取暖的孩子，忙不迭地跑到炉火旁边，却不敢把手伸到火上，只是隔着一段距离反复地揉搓。

有一晚，天空中的薄云慢慢游荡，月亮将近圆满。我在虫鸣中思绪飘散，猛一醒神，发现月亮周围出现了一圈类似彩虹的光环，色彩清晰可辨，完美地把月亮圈在中间。然后，像是有无形的风从中间吹向四周，光环慢慢地变大、变淡，最后消失在了夜空中。

还有一晚，我半夜里感到冷，起来阖窗，无意中发现外面亮如白昼，大大的满月悬挂在半空中，安静地看着这个沉睡的世界，周遭的一切都笼罩着一种奇异的氛围。那一刻，我真想披衣而出，沐浴在这无边的光和寂静之中。

我很久没有被夜晚、月光以及花香这样的事物如此深沉地打动。这些看似平凡、亘古如斯的事物，一直默默地维持着这个阔大又时常被我们遗忘的世界。在我们日常生活的轨迹里，它们无足轻重；当我们倏尔想起它来，又深感弥足珍贵。

不过，它们只对一部分人展示自己的优美、残酷与神圣，而每一个能够与自然交流的日子，都值得被深深地祝福。

2020.6.11

三四　一下子有了三件好事情

一

天气很凉爽，心情也轻松下来。夜里好像只有 12 摄氏度，于是我拼命往被窝里钻。早上起来，神清气爽，阳光明亮到耀眼的程度，树也绿到耀眼。

今天也有令人开心的事情发生，虽然才刚过中午。好事并不一定要到晚上总结的时候才有，对吧。

第一件事是，檐下的鸟窝里传来了微弱、单调的“啾啾”声，显然是雏鸟发出的。虽然看不到它的模样，但是，它一直在叫着，而且鸟窝下面的地上，空前地撒满了鸟粪，说明它的爸爸妈妈因为它的出生，没少在这里费心思。

听来听去，似乎也只有一只雏鸟，难道是独生子女？虽然生出了娃，但这对夫妇贪玩的事已经坐实了。不过，有一只也好哇！

第二件，啾啾说红枫树上有个鸟窝。我怎么不知道？赶紧出去认真察看，拿出小时候在桃树上寻找没被人发现的桃子的执着，果然看到了一个美丽的鸟巢，而且，还有长长的鸟尾巴翘在外面，那是鸟妈妈在孵蛋呢。

而几分钟之前，我们还在说，檐下的两只鸟只是住在那里而已，是丁克家庭。还在讨论鸟儿不孵蛋的时候需要筑巢吗？应该不需要吧。

无论如何，我们的房子终于也是一个有鸟儿筑巢、有小鸟出生的地方了，随之莫名其妙地就有了这样的感叹：真是一所吉祥如意的房子啊。

以前关于小鸟的种种愤懑、猜测和不解，现在总算是消除了。我赶紧拍照，这种好事可得去炫一下才行。

第三件事，我竟然买到了七月底回国的直飞机票，简直难以置信。当然，现在变数很大，临时取消的航班很多，我现在天天祈祷，希望这次航班能顺利起飞。

这种感觉就像是无期徒刑改判成了有期！原来这件事给人的心理影响这么大。我们真是开心得不得了。

听说北京这两天疫情有反复，大家都很紧张，我却一点儿也不在乎。我们现在待的地方，是世界上疫情极为严重的，我们都照常生活。一个两千万人口的大城市有几十例患者，形势更是在掌握中。

而且，以前我特别害怕集中隔离，现在却心生盼望。可以不用做饭，不用洗碗，每天安心地等着投喂，这可是婴儿时期才有的待遇。我简直迫不及待了。

二

最近，后院里突然安静多了，小鸟和小动物们一样忙着养家，大部分都没有了歌唱的兴致，也很少在树的高枝上潇洒顾盼、追逐打闹。

而前面的草地，现在越来越像个牧场了。此牧场“放牧”的主要是獾，其实，正是獾母子每天在草地上安心、从容、缓慢地觅食，才使这片草地看起来像是牧场的。也许，在它们心目中，这本来就是自己的领地吧。

要说獾，真是可爱。它们外表呆萌，身体肥胖，乍一看，总觉得它们的表皮下面全是液体，每走一步身体都会像波浪一样从后往前荡，再从前往后荡。獾宝宝更是如此。

我们后院里的那个獾宝宝最是贪吃。前天雨后，草地上还汪着水呢，它就从灌木丛里出来了，在草地上大口大口地吃着什么，那肯定不是草，难道是被水淹出来的蚯蚓？正吃得欢呢，它突然机警地直起身来，胖胖的身体惊人地灵活，像箭一样直接射进了灌木丛，我以为出现了什么危险，再一看，不过是一只成年的大松鼠跳下树来。尴尬！

小松鼠也是一茬一茬的。第一茬身量虽小，但是已经长出了美丽的大尾巴。第二茬呢，身体已经有美丽的金色和黑色花纹了，但小尾巴还是秃秃的一根，有点儿像老鼠，也有点儿像瘦瘦的小兔子。

后来查了资料，发现这根本不是尾巴发育不成熟的松鼠，而是金花鼠，它们的尾巴就是这个样子。尴尬！

我起得早了些，发现清晨的风很凉。要说上午十一点还是清晨，真有点儿勉强，但对我来说这就是了，更何况树荫下清凉适意，草香幽微，令人神清气爽。我在那里静静地盘腿坐着，微微阖上双眼，鸟鸣、虫鸣、割草机的轰鸣声不断地插入进来。

清晨不是时钟规定的，清晨是一种感觉。一种你从混沌的睡眠中醒来，睁眼与这个世界再度相认的喜悦。清晨的美好，是一种重逢的美好，是对自己能够再度感知生命活力的庆幸，是能继续昨天未完成的事情的踏实。

看来我以前错过了很多很多美好。什么都有代价，不是吗？

三

收拾完厨房，我到后院里去坐了一会儿。

无月的夜晚，天空中的云层洁白厚实，云层的间隙里露出的却是蓝天。夜晚的云，感觉比白天的云要闲适一些，懒懒的，胖胖的，很随意的样子。我在躺椅上，头使劲儿向后仰，天空几乎尽收眼底。云懒，我也懒。

没有月亮的夜晚，天空的云是没有主题的，像一幅过于随意的泼墨作品，虽然没有多少巧思，但是处处流露出天然的高明。要论才气纵横，谁又能比得过大自然呢？

这里四周，除了我家窗户透过来的微光，并没有其他的灯，但是高空的云却是明亮的，似乎白云自己就会发光。也可能，云在高高的天空中，它能从更远处获取光源，不像我们，只能像所有没有翅膀的动物一样，在大地上逡巡，从土地和森林中获得了庇护，但也交出了高飞的自由，获取光明的途径就要少得多。

能够飞翔的人生会是什么样的呢？应该会更轻盈，更容易通透豁达吧，土地虽然提供了食物，但是因着能够飞翔，对大地的产出便不会那么视若生命吧？不做长远打算，这何尝不是一种解脱？

而人呢，解脱本该是一条越来越轻捷的道路，可不知道为什么走得那么沉重？身外之物摆脱起来容易，一股贸然的冲动和决心就可以做到。但是，内在的重负隐藏在你无从知晓之处，只有通过更深入的自我认识才能找到它。有时候，你只感觉到了沉重的负累，却并不知道它是什么。

为什么要解脱呢？浸淫在物欲、情欲，享受感官和世俗的快乐不好吗？倘若不为明天担忧，倘若这享受没有对于未来的悲观作为底色，这可能也是一种解脱，一种旷达吧。

如我这样的人，浑浑噩噩，不明所以也能将就着生活，人生的种种规则我一直是不太明白的，仅仅凭着粗糙的直觉做基本的判断。无论是真正入世的旷达，还是真正出世的解脱，都需要有大智慧做背景吧？

那么，从日常生活里一点一滴得来的感受是不是智慧呢？智者是应该为了真理而奉献，如屈原一样上下求索，如布鲁诺一般视死如归，还是应该自私一些，巧妙地过好自己的一生呢？

虽然生活总是像《了不起的盖茨比》结尾说的那样，“我们奋力前行，小舟逆水而上，不断地被浪潮推回到过去”，但真正的解脱也许是像杜鲁门·卡波特所说的：

“去想无关紧要的事，去想想风吧。”

2020.6.14

三五　人生没有成败，只有喜欢与不喜欢

一

入夏以后，阳光晴好，雨水却少了。那些新植下的花草，如果没有及时浇水就会耷拉下脑袋，把人急死。为什么急呢？肯定是因为买的贵呀。

我去买花之前，朋友就告诫我，一定要去 Home Depot（一家大型连锁的建材家居零售店，类似于中国的百安居），不要去植物园。前者是走量的，价格低。

植物园我前段时间去过，一棵盆栽的小树要 500 美元，加上税就更贵了。后来淘货的时候买到了一盆，才花了 20 块。植物园简直是抢钱嘛。

我千呼万唤，啾啾和叩叩看在妈妈可怜巴巴的份上，跟着去了一趟。叩叩现在力气比我大，大盆的植物、大袋的有机花肥，他一使力就搬了起来，还让我躲远点儿，嫌碍事。

我特别开心的是，买了三棵西红柿苗。我在园子里寻了三个

大花盆，装上新买的黑亮亮的种植土，移栽进去，它们简直是以肉眼可见的速度在生长，甚至还开花了。更让我放心的是，它们在院子里过了三夜仍然毫发无损，看来它们不是兔子的菜。

院墙边上，我还点了几窝南瓜苗，怕小动物搞破坏，用树枝给它们围起了小小的篱笆。每天傍晚，我都会拎着水壶，装模作样地在花园里劳作一番。惭愧的是，我的南瓜苗又黄又瘦，不成气候，不知是缺肥还是缺水，也可能两者都缺。这里的土地看起来挺肥沃的，为什么会长成那个样子呢？难道以前被严重地消耗过？我盘算着明天挨个施肥，大不了烧死一棵嘛。

最娇气的是叩叩买的绣球花，我帮他种在一处很好的位置上，日照充足，将来长大了也有发展空间。这株绣球花开得沉甸甸的，种到土里，再被矮墙一挡，基本上就看不见了。这简直是锦衣夜行，太可惜了，要不是怕叩叩哭，我早就把花剪下来，拿回去插瓶了。头天晚上浇足了水，第二天中午就蔫了吧唧的。赶紧又浇了很多水，第二天还是这样。

叩叩突然良心发现，决心为自己的花负责。他搬着一大袋土过去，撒了几把在它周围，然后再把大袋土搬回原地，其间还把脚磕了。他过来给我看，我说，种地嘛，总是要吃点儿苦的。然后伸出手臂晃了一下，给他看我的小伤口，幸亏他没细看，实在太小了。

周围邻居家的前院，现在都新植了花草，赏心悦目。林边野生的金银花香气四溢。野花在各个角落里滋长，我隔几天就能换一把插花，无论怎样搭配都好看。日子平静得像一个梦。

二

我现在更喜欢享受沉默了，长时间的沉默。

一个人在外面，走啊走啊，东看西看，脑子里好像在想什么，又好像什么也没有想。从来没觉得无聊。那是一种纯净的空白，走的时间越长，世间的纷攘就在心里消失得越彻底。出门之前，水是喝好了的，防晒也抹了厚厚的一层。走路多好啊，不花什么钱，不费什么心思。只要还能走回家，就没有任何顾虑了。

以前有段时间，我的身体非常虚弱，每天无精打采，饭后就像一枚土豆一样窝在沙发上。有时候打起精神去公园散步，越走越慢，后来几乎是被拖回家的。怎么搞的呢？那时候，孩子小，事情多，无数的事务排着队浩浩荡荡地向我走来。想来我内心一定非常无力，而人在无力的时候，就会多怨言。

强者总是在行动，弱者总是在抱怨。

我什么时候变成了一个那么软弱的人呢？女性常常会有一段时间深陷在不可避免的家庭义务中，生儿育女，远离理想，进而自暴自弃。能够完好无损地走过那段时光的人，会变得比以前更有韧性。

不想家的时候，我非常感恩这段时间，就好像上天故意安排了这么一段时间让我安静下来，与一切琐事隔绝。身处异国，却一切都妥帖。人生的那些问题，虽然什么也没有想明白，但至少开始认真地对待自己了。当然，我指的不是做面膜那种认真对待。

人生是没有成败的，只有喜欢不喜欢。成败是比较出来的。与别人比，没有可比性；与自己比，等于拿事实与可能性做比较，怎么比呢？只要你喜欢现在的生活，人生就是成功的。

三

年老以后的生活会是什么样呢？是什么样的平静在等着我呢？

当我很老之后，大概只能静静地在屋里驻留，在阳台或是透过窗口看这个世界，就像我妈妈现在这样。

那么，时间的流逝对我来说，是慢了还是快了呢？往事对我来说，哪几件更重要呢？我会更超脱吗？更宽容吗？还是因为接触的世界被圈定了，从而变得更加计较了呢？

那个时候，我会以为爱只是年轻时候的故事吗？看到美好健康的男子，还会投以欣赏的目光吗？

我想，无论如何，我总不应该是一个枯燥的狭隘而无趣的人吧。最好还能有点儿钱，这样可以保证自己还有享受基本的美好的可能，同时不会给别人添太多麻烦。

年老正在一步一步地向我们每个人逼近，它在我呼吸的每一口空气、喝的每一口水里。我也越来越清楚地感觉到它的存在。皱纹是它，年龄是它，早起的懒惰是它，晚上的失眠是它……

它早已是我的朋友，我们越熟悉，时间就流失得越多。但也因为我们是朋友，所以那等在前面的年老令我感到亲切、放松。等我很老的时候，我一定很享受那种不被冲动和激情所扰动的宁静吧。

我很怕老，谁又不怕呢？可是仔细一想，年老其实是一段可以接纳你过往的经历、接纳你存储的无数欢乐和痛苦、把它们分别放在记忆的相册里的时光。往事使你丰富，对爱的记忆使你内心柔软，而成败得失都因为已成往事而令人平静。

真正年老之后，人会不会很害怕寂寞呢？还是很害怕热闹呢？如果有人告诉我，年老以后其实跟现在的生活是没有差别的，我会感到有点儿失望。

走在胡同的尽头，与站在胡同的入口，感觉肯定不一样。当然，谁又能确定那个胡同的尽头是真正的尽头呢？

叩叩说："妈妈，你总是很逗。"

"我怎么逗了？我不逗啊。"

"你吃了这么一小口饭，你说吃了一大碗。你吃了一小块肉，就说自己刚刚吃了一大块。"

噢，也许是我的问题。我一定是把一个小小的想法变成了一个大大的疑惑，而生活原本是一件很自然的事，我们只须随遇而安就好。

2020.6.16

三六 被妖魔化的我

一

初春的时候，长岛两三天下一次雨，草地总是浸在水里。一入夏，却一滴雨也不下了。草地上的草生长得慢了，草叶开始有些发干发黄。小鸟呢，只能胆战心惊地在路边积水的小坑边飞快地叨几口水就跑。

我最近新植的那些花卉、菜苗，都只能手动浇水了。因为找不到院子里的水龙头开关，只能在厨房接了水，再拎着水桶出去。叩叩冷眼看着，一言不发，直到看见我拎着一大桶水要去浇草地的时候，他惊呆了。而沉甸甸的、够浇完五盆花的水，一瞬间就在干渴的草地上不见了。叩叩很少看到我这么蠢，简直蠢到了悲壮的地步，于是非常激动地把这件事大声通报给了家里每个人。

他由此进一步确定了“妈妈不是正常人”。唉，我也不知道他对于“正常人”的定义是什么，我还是很希望做一个标准的温柔贤良的妈妈的。他和啾啾现在整天说我的语言、行为都过于“不走寻常路”，我则说他们把我妖魔化。

我只给草地浇了一桶水就放弃了。房前屋后那么大面积的草地，这样浇水我会像堂吉诃德与风车作战一样悲壮，哪有一点儿妖魔走捷径的机巧？世界上有这么笨的妖魔吗？

写到这里，细想一下还真是，书上的妖魔们，比方说《西游记》里的那些吧，总是有方便的法门，或是上天入地，或是长生不老。

妖魔们明明是反面角色，但好处却总是被他们占了。整天吃香的喝辣的不说，还可以随心所欲，不受道德约束。他们时而强抢民女，时而想办法掠走小鲜肉唐僧。如果是女妖精，便把自己变得无限妖娆，让凡人一见钟情；如果是男妖怪，就把自己变得无比威猛，恨不得把荷尔蒙都披挂在身上才好。金银财宝什么的他们才不在乎，他们要的是乐趣。

要是《西游记》里面没有这些妖魔，多没意思啊，就像生活里没有恋爱和游戏，只有功课和事业一样。

创造这些妖魔形象的作者们，内心深处是喜欢当妖魔，还是喜欢笨拙吃亏的好人呢？妖魔的本领超出现实很多，他们不受当时当地的一切技术落后与道德观念的束缚，他们的超能力是不是人类以前的梦想呢？或者，也是人类现在的梦想？

一个具有魔力的东西，为善还是作恶，全凭使用者的德行。对于妖魔来说，德行可能只是那些不能飞、不能隐遁变形的凡人的事情吧，虽说“盗亦有道”，但他们的规矩一定是另外一套。世界上有没有妖魔的行为手册呢？如果有就好了，我真想看看，一定很好玩儿！

二

我们散步在路上。啾啾这几天突然童心复萌，精灵古怪，一会儿把自己整成杀马特的样子，一会儿又化身天线宝宝，或者是赖在爸爸妈妈的床上，任由我们把她套在被罩下面也不动。今天她在头上别满了可爱的发卡，看起来只有八岁。我很羡慕她无拘无束，可以不理会现实。

不知怎么聊到了《哆啦A梦》，那个男主角说了些什么话。我说：“那个动画片那么难看，还能播出这么多年，太奇怪了，不过日本向全世界输出这么多动漫，应该赚了很多钱。”

啾啾：“妈妈，你怎么一开口就说挣钱啊。”

“这些文化符号，影响很大。”

“噢，你说的是这个意思呀。还以为你只注意到他们很挣钱呢。”

我心下窃笑，差点儿又给姐弟两个提供了妖魔化我的新材料了。在这个热爱艺术的女生眼里，我若只见赚钱不见艺术，就等于妖魔，还是最俗的那个。

三

叩叩最近总说我吓到他了。

有一天，先生下楼，一瘸一拐的，说头一天走路太多了，受过伤的那只脚感觉要碎了。

叩叩就对正在厨房里的我说："爸爸说他的脚好像要碎了。"

我在做饭，手里拿着菜刀正在切切切，顺口接了一句："不剁怎么能碎呢？"说完用力砍断了一根排骨。

这下子把他们吓坏了。他们没想到我会把"剁"这个词用在脚上，而且还是爸爸的脚！从此认定我是个野蛮人。

如果我真是个野蛮人就好了，我会力大无穷，浇水不知道累。如果我真是妖魔也行，我翻手云覆手雨，按需降雨，成为世上唯一有理想有道德的妖魔，身为妖魔，"才华"是与生俱来的。

可惜这两者我都不是。我像个饥渴的寻宝人一样在草坪上弯着腰找喷水口，那模样远看起来要多猥琐有多猥琐。果然，自动喷灌系统是有的，但我找不到闸门，不知道怎么用。后来问了朋友，才知道要找专门的公司来定期打开、维护，在入冬之前再关闭泄水。

这里什么都有专门的公司管，这里是公司的世界，锅炉、空调、警报、花园、喷灌系统……估计还有更多的公司都在等着我一个个电话打过去呢，只看我有没有被新的问题困住。在一个妖魔眼里，人类设计的这个世界真是太复杂了，笨死了。

住在一个陌生的新家里，每个角落好像都在等着考验我，不，是要我！要想在陌生的环境里顺利生活，简直跟唐僧取经一样困难重重。如果可以真的妖魔化就好了，哪怕只要一小时，帮我把花园浇透就行。

2020.6.19

三七　你只拥有自己看见的那个世界

你只拥有自己看见的那个世界，
当然，
也包括你心里看到的。

一

小区里的路上，总有孩子在骑车。下午的时候，会有几个小宝宝，四五岁的样子，骑着儿童车玩儿，他们的妈妈在后面聊着天，走路就能跟上。

傍晚的时候会有两个少年在路上骑车飞驰，大声谈笑。他们的父母也骑着车跟着，讨论着什么。大人总是一脸凝重，好像家里的大事都是在骑行的时候才讨论似的。我跑步的时候遇到这一家人，总是有点儿不自在。他们人多，四辆自行车占了很大一片路面，让人心生不安。

有时候我会反复遇到步行的人。他们慢腾腾地走路，戴着耳机，说个不停。若是在饭后，还会遇到几对中年夫妇，他们手拉手出来散步，总是有说不完的话。

而我们一家人总是各自行动，我慢跑是一个人，先生散步是一个人，啾啾散步也是一个人，唯一有可能结伴的是叩叩，不论谁出门都会邀请他：

“叩叩跟我去跑步好吗？”

“不去，没意思。”

“叩叩跟我一起去散步好吗？”

“我待会儿一个人会去的。”

“叩叩去打篮球吗？”

“太好了，妈妈你跟我一起打……”

“呃，可不可以不打？”

“不行不行，就要你陪！”

我去外面公园里散心，常会遇到一对对散步的老人，竟然大部分都十指紧扣，因此他们也会保持一样的步幅，一样的节奏。公园很大，走一圈下来有五公里多。他们就那么慢慢地走着、聊着。有些看起来至少七十岁的人，腰弯了，腿不直了，头发也稀疏了，彼此互相扶持着、陪伴着，看过去令人感动。

在暮年时光，仍然有个愿意牵手走路的老伴，与年轻时有个热恋的情侣，是同样值得庆幸的事情。

我们家喜欢各自行动的门风是不是应该改一下呢？不过，不知为什么，我还是觉得一个人更自在。可能不同的人需要用不同的方式获得休息吧。

和叩叩投完篮，我拉着他一起去散步。迎面遇到了啾啾和爸爸，我们嘻嘻哈哈地决定一家人一起走一圈，让邻居们知道一下，我们是一伙儿的。

奇怪的是，这次没有遇见一个人，也不知道他们从窗户里看到没有。

二

拐角的那片草地上，住着一家兔子，只有它们家生的是双胞胎。两个小宝宝，那么娇小、精致，比玩具还小，估计着应该满月不久，感觉还是可以包在掌心里。住在右边那片草地上的兔妈妈就只生了一个宝宝，妈妈整天亦步亦趋，看得可紧了。

看来，独生子女父母的紧张，不论人还是动物，都是一样的。

小家伙们虽然小小的，却懂得保护自己。它们时常故意站在树下有落叶的地方，皮毛的颜色与周围浑然一体，只要它不动，你根本发现不了。

双胞胎经常在草地上吃草，可是它们从来不挨在一起，总是东一个西一个，就好像不喜欢有别的兔子跟自己抢似的。可是，这片草地那么大，小小的它们就像大海里的一条小船一样不起眼，无论如何是吃不完这么多草的，就算加上爸爸妈妈也吃不完。即便如此，两个小宝宝也还是各玩儿各的。

它们真的是亲兄弟吗？还没有多大，爸爸妈妈就不守着它们了。这里的野生动物天然地有一股不怕人的派头，大概从未经历过要被人捉去吃的厄运吧。也许它们的基因里都没有与此有关的记忆，所以会大摇大摆地过马路，我时常要给它们让路。

有时候在接近它们时，我好像更紧张一些。我很怕它们因误会而害怕我，可是它们呢，像是给我面子似的，离得很近了才从容地离开，仿佛在安慰我：你厉害，我怕你，行了吧？

小獾也同样聪明。我站在窗后，看见它沿着墙根匆匆地小步跑过来，随时准备隐身到灌木丛中。它的目标是跑过这片草地，到中间的树丛去。小獾跑到了墙根距离树丛最近的位置后，以最快的速度奔了过去。

我在心里不禁为它鼓掌：数学学得太好了！

每天都能看到野生动物对我来说是从未有过的经验，直到今天我还是看得兴致勃勃。昨天有朋友在林子里看到了小鹿，还拍了照。小鹿就那么优雅、安静地站在那里，目光纯净善良，像精灵一样。我这个庸俗的家伙，对着照片忍不住说了一声：扎西德勒！

三

我家的草地越来越黄，甚至有些干枯，我每次看过去都心如刀绞。如果能下点雨就好了，天天看天气预报，都是大晴天，偶尔有阵雨，不过我们都知道，阵雨是最靠不住的。

从邻居家经过，如果他们正在给草地喷水，我便会愤愤不平；如果别家的草地也有些枯黄，我便会松一口气：这世界上的糊涂蛋不只我一个。

我最爱的绣球花有四大丛，华丽至极，花冠已有碗口那么大了，我仔细一看，差点儿惊坐在地上：它们的花冠已低垂下来，叶子也有些发黄了。

我赶紧拿了水壶，灌得满满的，挨个浇了好几遍。先生还是不放心，后来又浇了一通。这里的土质太过疏松，一点儿都不存水，也不知道这几壶水它们能喝下去多少，我在心里默默地自责。

我是一个喜欢护短的人，只要是自己的东西，总怕它们受委屈。这么美的植物在我手上受了伤，我深感惭愧。第二天早上醒来，脸不洗牙不刷便先跑去看，它们缓过来了！

让我生气的是，爬山虎和凌霄花却从来没有过缺水的样子，它们长得茁壮浓绿，而且不往栏杆上缠，非要覆盖在我的杜鹃和绣球花上。我无情地把它们不守规矩的枝叶都拽了下来，扔到了一边。

有的家伙就是不懂得什么叫秩序。它们以为世界是它们的，仗着自己生命力强，就要抢占别人的资源，夺去人家的机会。它们才不管什么多元化，什么尊重别人呢。

美是无价的，美也是脆弱、需要精心呵护的，美是上帝特意造出来安慰人类的。绣球花丰盛华美到像是一件特别的礼物，当然需要特别的对待。我要好好保护它，让它像个真正的公主。

昨天啾啾终于找到花园供水开关了，轻轻一转，就听到水声快速滑过，我高兴坏了。花园里的水管不再是摆设了。我迫不及待地开始给草地浇水，能够早一分钟让它们得到滋润也是好的。

我一会儿把水管放在地上漫灌，一会儿又对着远方的花树滋水。阳光有些晃眼，我低头对着一棵“小树”浇了好久，抬头一看：怎么是个灯柱？

2020.6.23

三八　幸福的根源是什么

你们要尽可能长久地生活得自由，生活得并不执着才好。执迷于一座田园，和关在县政府的监狱中，简直没有分别。

——梭罗

一

这几天，我专心地生活了。所以什么也没写。

什么是专心地生活呢？把眼光投放到家务上，想想端午节的事，想想孩子的事，想想工作的事，再想想未来的事。虽然家务还是做得很不好，菜也没有认真烧，叩叩的学习我也没有督促好，但心已经很累了。

生活真不是一件简单的事，方方面面，有一个环节出了问题，就会有种崩塌感。可是如果让每个环节都流畅地运行，就需要有很多的工作在后面支撑。

比方说草地吧。要想让草地茂密碧绿，需要付出很多劳动。院子里的喷灌系统还没有找到人来打开，我只能用水管来浇水。我和叩叩各负责一天。他是个孩子，浇水是游戏，把自己浑身弄得湿透就回来了。该到我的时候，那就必须把每一棵植物充分照顾到。拖着沉重的水管，喷头还在漏水，但一想到植物会长得好，心里就很高兴。

好不容易浇完，啾啾说，妈妈你的脸色很不好。我想大概是受凉了。但更严重的情况是，虽然特意穿了长裤，可蚊子还是把我咬得又红又肿，好几天过去了也不见消退，反而像是要发炎的样子。

这里的蚊子非常生猛，无所畏惧。它们一只只又敏捷又健康，绕着人上下翻飞。或者干脆眼巴巴地趴在纱门上，固执地不肯离去。我说应该把后院里的灯都打开，这样能分担一下屋里的压力，先生说，那会把四面八方的蚊子全都吸引来。

想想那个情景，旁边森林里的蚊子们在漆黑的夜里，发现这里灯光通明，以为会有丰盛的人肉大餐，于是奔走相告……

那后院儿还是黑着吧。

二

我时常会被日常生活困住，比如一个找不到的电源开关、一份需要上传的资料、一张被取消的机票……

对了，我寄予厚望的七月底的机票又被取消了。虽然我早有心理准备，但发现自己两手空空，回国无望，还是顿时绝望起来。

我痛下决心，奋斗了一天一夜，终于刷到了符合“五个一”政策的机票。虽然路途遥远且需要转机，但总算是看到了希望。

这就是生活。我们都是升级打怪的选手，与命运派来的各色怪物即各种偶然性、各种挑战一一过招，不是我们趴下就是把对方拿下。能在打怪的间隙看看风景哼几句歌，就是无上的奢侈了。

而在将来，想起这段买不到票的日子，大概会觉得像是一个笑话吧。

三

今天我一个人去了公园。

真是来对了。公园里人不多不少。空气相当清凉，幸好我带了一件外套。但是，走了一段路又热了。很多人在骑行。现在真绿啊，林子里每一个缝隙都有野草在疯长。冬天的时候以为是空地，现是却是一个个小草甸。每一寸土地上都有生命在热烈地生长。正午的阳光直直地射下来，森林里一点儿也不阴暗。

我眼馋地看着那不知通向何方的林中小道，始终没有勇气一个人向着森林深处走。我在怕什么呢?

一束阳光正好照射在一棵倒伏的枯树上，就像是舞台上的聚光灯，把枯树照射得分外洁白，成了一个视觉的焦点。前面还有两棵高大的枯树，也是这个情况。这种情景，就像是把生命结束以后的场景特地放大给你看。

林中那片草荡真是美。现在还是初夏，可它竟然是丰饶的黄色。草长得很高，结了饱满的种子，但仍然昂立着，远远看去非常茂密，走近一看发现还夹着很多蒲公英。

蒲公英长在草丛中，为了阳光也只能拼命向上生长。可是再怎么长也高不过草。于是，它们只能细细地挺立着，在草的腰部位置结出白白胖胖的绒球。无数白色的圆形的蒲公英绒球，随着风微微地摆动，就像是花。真是可爱啊。

这片草荡的修剪，显然有审美考虑。沿着树林边的草被割除，修整出一条路来，割去的一把把干草就落在草地上。怎么看都像是一幅独具匠心的画。明明是盛夏，却秋意十足。

在草荡里漫步，心中安静富足。我想，如果成为一棵植物，也是一件很快乐的事吧！有很多很多的伙伴，盘根错节地在地下纠缠，既能尽情地向天空伸展，也能用力向大地的内部延伸；既懂得在春天按着季节开花，也会在寒冷的日子里默默地收敛。

倘若是一棵树，就不需要有飞翔的梦想，生活因此少了很多无谓的追求，也就少了很多难过吧。

四

我整天都在等着时间快点儿过去。

早上我不想起床，起早了，长长的一天等在前面，我用什么把它装满？这里没有书，朋友也不多，孩子们大了事情也少。手机、电脑看多了眼睛难受，因为空气清洁，家里灰尘很少，几个星期吸一次尘好像就可以了。

午饭后，我发愁漫长的下午如何度过；晚上，我担心漫长的夜晚如果睡不着怎么办。

而以前，我总是觉得时间过得太快。天总是那么早就亮了，夜晚又来临得那么快。在北京的时候，每天都有那么多事情要做，我在事情的海洋里沉浮，没有时间忧愁，没有时间抱怨，甚至没有时间去商店购物。那时候我天天盼着能有无所事事的日子，而现在，当我真的置身在这样的状态中，却发现另有不快。

度假的价值来自它与日常生活的差异化。无论是在豪华酒店享受，还是在民宿休闲，突然从千篇一律的日常生活中跳出来，开启一种新的节奏，换一个新的环境，再庸常的生活都有了诗意。可是，如果把这种生活过成日常，则诗意顿消，平庸立现。

怪不得罗素说，参差多态乃是幸福的本源。

2020.6.29

三九　执念和做坏事

一

虽然每个星期割一次草，但是草地上仍然有墨绿的新芽高高地拱出来，东一个西一个。它们比普通的草壮实很多，刚露头的时候颜色发红，再长高一点儿，叶子打开了才渐绿。最近雨水很少，草都发黄了，可是这新芽简直是所向披靡，从不同的地方冒出来，而且一发芽就是一兜，几天就窜高一大截。

它们肥嫩的新芽，很像是香椿，但仔细一闻又并没有味儿。我摘了略大一些的叶子到处逐个比对，终于认出它来：凌霄。本来以为凌霄是高傲、喜欢攀高枝的植物，“借你的高枝炫耀自己”，没想到它们也这样勇于开疆拓土。但仔细一想，攀高枝和圈地本就是一回事，前者只不过是圈地的手段罢了。

生命力真是一件奇妙的事情。生命力弱的人，习惯于将自己的活力向内里收，仿佛冬眠一样，只求清心寡欲，挨过一天是一天。

但是那些生命力强悍的人，无法克制地要向整个世界倾泻活力。别人眼中平庸的生活，他们都能折腾得风生水起。当然，如果只有冲动和活力，而智慧不够，那就是一只无头苍蝇在到处扑腾，徒增无奈，让人看了难受。

我戴上草帽，在烈日下向凌霄花宣战。没有任何聪明的办法，就是一棵棵地拔。它们的根系可能早已在草地下四通八达，新芽的分布是有线条的。我不管它的布局，我只使用蛮力。效果很明显，很快草地就平整单纯了，如以前一样，踩下去处处绵软，虽然有点儿发黄，但是多浇浇水就好。

长岛的居民对完美的草地有一种执念，就像我们中国人对种菜有一种执念一样。中国人无论到了哪里，必须开辟一块儿菜地，在墙边点几棵瓜豆，否则便觉得那里还不是家。

美国人则热爱草坪。家家户户门前必定有一片整洁、碧绿、茂盛且永远崭新的草坪，上面没有杂草，没有枯枝烂叶。说实话，看上去真的很美。听说，如果有的人家长时间外出，草地没人打理，社区还会雇人帮你维护，但是费用一分不少。看来对草地的热爱，已经深植在美国人的心中，成了一种集体无意识。

而我呢，现在有了两个执念，既要种瓜种豆，也要草地新鲜美丽。不就是每天拖着水管浇啊浇、顶着烈日拔啊拔嘛，我不觉得累，反而乐在其中，因为比别人多一个执念，还觉得自己挺富有的。

二

可能是因为在异国他乡，一看到自己熟悉的植物，真的很高兴。那种高兴简直不亚于“他乡遇故知”。

后院东门那里，一左一右各有一棵粗壮的垂丝海棠树。开春的时候，粉色的花朵像一顶华盖，美不胜收。我那时常常打量那两棵树，发现左侧的那棵树花开得比较稀疏，为什么呢？

东边的邻居家相当注重隐私，贴着我们相邻的围栏种了很多植物，挡了个严严实实。我经常觉得挺遗憾的。他们家的泳池可能比较新，水声潺潺，欢声笑语。有时候听见他家扑腾扑腾的游泳声，我会悄悄跑到围墙边，想偷看一下俊男美女，但愣是什么都看不到，气死我了。

可是他们种的植物却很有侵略性。有一棵树非常高大，根系穿过围墙，在我家的草地上像巨龙一样蜿蜒而行。而树冠又四处伸展，把我的海棠树压住了一大半。我恨恨地盯着那棵树，盘算着哪天爬梯子上去，把伸过来的树枝都锯掉。说实话，锯子都买好了，藏在后备厢里呢。

后来，那棵树发芽了，枝繁叶茂。又过几天，低垂下来的树枝上结满了小小的绿色果实。我一看，天哪，竟然是桑葚！这是啾啾小时候最爱吃的东西，我小时候也常常吃得双唇发紫。

我心里雀跃不已，但表面上一点儿看不出来。每天去看南瓜的时候我都会看看桑葚红了没有。昨天，我站在自己家的草地上，稍微踮踮脚，就吃上了邻居家紫红的桑葚，嗯，地地道道！

我心满意足地打量着那许多即将成熟的果实，心想，锯树枝的事，可以冬天再说。也不要尽锯，低处还是可以留两枝的。

三

有时候，确实挺想干坏事的。这么想的时候，眼睛就会管不住地骨碌碌乱看。

比方说，我们散步时常常经过的一户人家有一棵巨大的槐树，就是每年春天都开满白色槐花的树。小时候，妈妈说那叫“洋槐”，说明是自国外引进的树种。

槐花气味芬芳，颜色洁白到发绿，更重要的是，每个春天去山里摘槐花，是我家多年以来的重要节目。在北京，常常要驱车进山，走很远才能摘得到。去年春天，我们一家人还在大兴的渠边摘了很多槐花。不过，那次的经历不怎么美妙，当时正是柳絮满天飞的时候，路边的野草都被厚厚的柳絮覆盖住了，显得脏腻腻的。槐花上也沾了柳絮，洗也洗不干净。

当时别犯懒，去山里就好了。

路边邻居家的槐树相当高大，顶上开满了花。我闻着花香，馋得不行。可是我真的不能那么放肆，招呼也不打就去撸人家的花。美国人是拥枪的，万一……可是如果去打招呼，怎么说呢？说不出口呀。

我心里着急，心说有一棵就会有两棵，再找找别的地方吧。我拉着叩叩一起下山，他不去，说这样不好。我只好独自去小教堂那里转悠，像小偷踩点儿一样，佯作人畜无害的样子，到处乱看。最后终于发现篮球场边有好几棵槐树，花儿半开不开，正是摘下来味道最好的时候。而树下，虽然有很多荆棘，但是也恰好有一堆大石头，站上去就够得到。

我高高兴兴地回到了家，悄悄告诉了叩叩。

他急了："妈妈，那是别人家的树，你不可以摘。"

"不是别人家的，是教会的。上帝是大家的，是仁慈的。"

"那你想摘就摘，也是不对的。"

当妈妈就是有这一点麻烦，你总不能在道德上输给孩子吧，总不能带头去偷吧。哪怕是装，也得装作人品很好的样子。

我心里却一直想着那几棵槐树，每天都惦着那些香喷喷的花：今天花应该全开了，不太好吃了；现在应该发软了，快落了；现在除了背阴的地方，其他的花应该都落了……

辜负了这几树槐花，我心里空落落的。在这个陌生的地方，也只有这些相识的植物，还能让我寻到些故国的慰藉，而现在连这个也眼睁睁地错过了。

我觉得自己被狭隘的道德观念绑架了。谁叫自己胆子还不够大，内心还不够洒脱呢？

唉，每个人都随身携带着自己独有的无形的笼子，你走到哪里它也走到哪里。而真正的自由，唯有主动打破笼子才能实现吧。

无论如何，明年春天，我一定要去山里。

2020.7.1

四〇　你的生命也可以是一场盛筵

一

说不准哪顿饭，我下餐桌慢了一点儿，家里就会变成吐槽大会，而且是针对我的。

叩叩说："妈妈你最坑我了。"

"我怎么坑你了？"

"你说，如果在家里打伞，头上就会不长头发，会变秃子。你骗得我多年都不敢在家里打伞。"

"你在家里好好的，打伞干什么？"

"好玩呀，可是你为什么要骗我？"

啾啾说："妈妈还坑过我。"

"啊？"

"我上小学的时候，读课文《蜗牛与黄鹂鸟》，问为什么葡萄熟了蜗牛才上去？"

"我说什么了？"

“你说是因为蜗牛爬得慢呀。结果老师提问，我这么回答以后，全班都蒙了。”

“我没说错呀。”

“可是，正确答案应该是蜗牛有毅力呀！”

……

作为妈妈，我真的意识不到自己的言行会对孩子造成什么影响。我发现，他们记忆深刻的和我想要他们记住的，根本不是一回事。

从小到大，我给他们讲了那么多故事，读了那么多书，苦口婆心灌输了那么多大道理，好像都没什么回声，倒是这些小破事儿他们记得一清二楚。

不过，现在他们长大了，开始反思，也开始提出不同意见了。

二

我跟叩叩在花园里晒太阳。

我忍不住光脚在草地上走了一圈，发现还是新长出来的草比较柔软。叩叩把脚伸进泳池，说那样凉快。

他说：“妈妈你说水软吗？”

我说：“软。”

他说：“可是，如果从高处掉下来，水就非常坚硬。能把人拍死。记得有个乘坐热气球采松子的人，气球失控飞走了，那人后来在湖里摔死了。”

我叹气道：“你看老百姓多可怜，为了养家糊口，冒那么大的危险。”

“妈妈你总是这样说，估计我长大以后就只好去做慈善了。”

“我的话对你影响那么大？”

“你说能不大吗？”

“做慈善也要自己有本事才行。”

“是啊。你总是说这个人可怜那个人可怜，不想想对我有多大的影响吗？”

我求饶：“那换个角度，这个热气球的设计肯定有问题，它的质量和性能应该加强。”

“这还差不多。”

我真的非常困惑。在一个人成长的过程中，是哪些因素在起作用呢？在大人整天的滔滔不绝中，究竟有多少会被孩子注意到呢？哪些话可以入心呢？

我整天耳提面命，提醒他做这个做那个，他都能拖就拖。在父母的眼中，世界上是不是根本没有省心的孩子？我们希望孩子掌握的知识和本领，真的有那么重要吗？

每个生命都如此神奇而又神秘，我们可以窥见的只是最表面的一点，在那么多独自入睡的夜晚，孩子们在想什么呢？在为什么苦恼，为什么忧愁呢？他们有没有为自己向哪个方向生长而有所计划呢？他们对于生活有什么期待呢？

每一个忙忙碌碌的白天，被无尽的功课和事务追逐着、驱赶着，他们有没有获得足够的成就感和愉快呢？有没有成长的快乐和幸福呢？

我总是觉得自己是个不用心的妈妈，我总是相信生命会找到它最适合的生长路径，人类苦心孤诣设计的那些成功的步骤，最多只是其中一个选择。

无数更加独特、更加活跃、不受当下时间和观念束缚的生命，都在走一条唯有自己才能懂得的路。

多年以前，我背着一个硕大的背篓，在田埂上踽踽独行，只想着找到最鲜嫩、最肥美的猪草，只想着把自己的背篓装得最扎实、最满。那个我与今天在长岛过着悠闲生活的我之间有着巨大的时间和空间上的本质的鸿沟，但又是同一个人。

生命总是在向着我们无法预见的方向生长，而作为父母，在可见的努力之外，还可以给予什么呢？

我有时候会想，也许，不打扰他们的成长，就是对生命最大的尊重吧？就是教育最仁慈的呈现吧？

三

有时候生活太过安静了，突然就很想吼几声歌。边洗碗边大声歌唱，“我是一匹来自北方的狼，走在无垠的旷野中，凄厉的北风吹过，漫漫的黄沙掠过。我只有咬着冷冷的牙，报以两声长啸……”

家里没有人说话，一片沉默，孩子们也很安静。我抱歉地说，这是上大学的时候很喜欢的歌。

啾啾叹息道："妈妈你被驯服了。"

我心下黯然，但也坦然。谁又没有被生活驯服呢？

而世界上竟然有酒这种东西，真是太奇妙了。

明明是同一个世界，眼前是同样的人，面对的是同样的事情，一切都在循着最现实的轨道运行。然而，几杯酒下去，最现实的壁垒似乎就变得不那么坚硬了，最冷酷的决定好像也有了弹性。一颗悲伤的心找到了出口，而如果是欢乐，则可以用更加诗意的方式来释放。

没有人是生命的看客，生而为人，已然是命运长河中的一员。

你的人生不是别人的盛宴，倾尽全力，每个人生命的酒杯里都应该有独属于自己的佳酿。

何妨一醉！而唯有在醉中，才能忘记你已被生活驯服这件事吧。

2020.7.4

四一　忘记我也是可以的

一

每天躲在窗后，偷看小獾越长越胖，成了我们的重要乐趣。

昨天早上，竟然来了两只，体型一模一样，估计它们是兄弟。说不定是弟弟看到哥哥每天吃得心满意足地回到树林里，忍不住跟来看看。它们安静而从容地在草地上细心地吃着，偶尔走到一起说说话——用鼻子碰碰对方，用力嗅嗅。

啾啾挤眉弄眼地给它们配音：

“弟弟，你觉得好吃吗？”

“还行。这家人不会出来捉我们吧？”

“不会不会，他们可懒了，现在都没有起床呢。”

可能它们突然有所预感，迅速分开，一个向东一个向西，瞬间就不见了踪影。那软萌的机灵样儿，实在是太可爱了，啾啾笑得腰都弯了。

等它们走了，我戴上草帽去巡视我的南瓜苗。天哪，桑树下的那两窝南瓜苗，竟然被吃得一干二净，只留了一小截茎秆。谁干的？

我又去另外三窝南瓜苗那里看了看，嗯，还行，都在。也许它们今天只是好奇吧。也许只是今天新来的那个弟弟淘气？

我什么行动都没有采取，想着这只是一个误会。结果，今天早上，我发现另外两窝南瓜苗也被吃得光光的。我心下懊恼，赶紧把最后的独苗儿保护了起来。等南瓜藤长得长了，我得把它们直接引到高处去。

究竟是野兔子还是小獾干的呢？都有可能。它们吃得那么精心，我围在南瓜苗旁边的树枝，一根儿都没有碰倒。

我对这里的动物们的习性和口味真是毫不了解，也终于明白了为什么这里没有人家种菜。一方面，是因为这里的野生动物太多，如果不围挡严实，菜根本种不成；另一方面，这也是一个观念问题，既然默许了每家的花园都是动物的自由出入之地，那么，当然不应该有禁区。好人就应该做到底。

二

红枫树上的鸟窝非常美丽。它掩映在红叶之下，高低适中，通风很好，而且有茂密的树叶遮阴。我每天都去看好几次，知道鸟妈妈中午会有一段时间外出觅食，然后就又安安稳稳地趴在窝里。只要看到她黑白相间的尾巴直直地翘在窝外面，我心里就很踏实。

准备做母亲的这段时间，是雌性从只关注自身感受向关注其他个体感受过渡的一个转折点。在这个漫长而又枯燥的孕育期，她学会了忍耐和承担，积累了满满的期待和热情，只有经过这段时间的历练，她才能承受接下来抚养幼崽的艰辛。

对孩子的爱不是天生的，它混合了生物的本能和理性的选择，最后经由孩子的出生转变为强大而狂热的母爱。

鸟妈妈很尽责。前几天暴雨，然后是冰雹，我眼看着树叶被砸得低垂下来，心里非常担忧。鸟妈妈不会被砸伤吧？我打着伞去看，雨中的树叶耷拉下来，覆盖在她身上。她一动不动，坚定地护着自己的蛋。

叩叩急得不得了，一定要我想办法。我又能有什么办法呢？我既不能让冰雹停下来，又不能给树打上伞……

雨终于停了，鸟妈妈离开了窝。我想，她也许是要去找个地方整理一下羽毛，安抚一下惊魂未定的心，也许是去找她的老公哭诉。反正过了一会儿，她又回来了，黑白相间的长尾伸在鸟窝外面。

然而，从前天开始，她再也没有回来。是小鸟儿已经出生并且飞走了？不可能。是鸟妈妈遭遇了不测？

我施展自己的爬树童子功，攀到高处往窝里一看，窝里只有一枚孔雀绿的椭圆形鸟蛋，静静地躺在宽宽绰绰的鸟窝中间，那么美丽，却没有未来。

我愁得不行。究竟发生了什么？难道鸟妈妈花费了这么长时间后，终于发现这是一枚“坏”蛋？

我就任由那枚美丽的蛋一直躺在窝里，直到腐烂？如果我把它取回来，会不会有一天鸟妈妈又回来了？

最后我决定还是保持它原来的状态，不干涉，不破坏，不做滥好人。大自然有自己的安排，我应该老老实实做个看客。

三

自从确定了回国的日子，我看待长岛生活的眼光开始悄悄地改变，从最开始的陌生、排斥到现在的珍惜和欣赏。

这个美丽宽敞的花园很快就要陷入一段长久的沉寂。小鸟清晨的歌唱，松鼠轻灵的跳跃，都将在无人注视处默默发生。美艳不可方物的紫色绣球花，只能静静地完成自己的节奏。

我们把这个花园还给了时间，还给了四季，还给了花园自己。

等我们走后，小獾每天可以更加无忧无虑地在我们的后院觅食，那它会不会把所有的小伙伴都招来？它们还需要用我每天都要巡视的植物作隐蔽物吗？

我们在这儿的这段时间，小动物们会不会觉得是对它们领地的侵占呢？在它们看来，我可能只是它们的牧场的管理员，负责浇水、拔除杂草，使这牧场更适合它们生活。

大自然的安排究竟是什么样的？谁才是主角？

下次我们再来，也许是寒冷的冬季。那时，每天清晨陪伴我们的小动物，尤其是肥软如果冻般的小獾，应该已经长大成“人”，与其他同伴一起进入深沉漫长的冬眠。我们离开的时候，它们也仍在梦中甜蜜酣睡。

当春花再度照亮多雨而阴郁的早春，小动物被温暖的阳光唤醒，生儿育女，牧场再度被它们可爱的身体一寸寸丈量，它们还会不会想起今年突然热闹起来的这座房子，会不会奇怪那些每天躲在窗户后面偷拍的人为什么没有再出现呢？

一切相遇原本都如此偶然，如此不可重复，如此值得铭记在心。

多年以后，倘若我们未能再次回到这里长久居住，这段无法打破的安静和迫不得已的长时间隐居，让我们把一直投向滚滚红尘的眼光，暂时却又持久地看向这里的一草一木，一个黄昏，一个清晨。多年以后，倘若我们未能再次回到这里长久居住，那么这个因为疫情而分外安静的春夏，在时光的长河里会不会只是一段微不足道的时光？还是借此呈现了生活从未向我们展现的另一种丰富、繁华和意味深长？

生活在后院及附近森林里的小獾、野兔、松鼠、金花鼠，在它们世世代代生活的土地上，在它们默默传递的记忆中，有没有关于我们的温暖的一笔呢？

嗨，小獾、小兔子、金花鼠，忘掉我们也没有关系。我们并没有为你们做任何事情，但你们为我们做了很多！若没有你们浑然天成的可爱做陪伴，这段时间该多么无聊，多么黯淡。你们不知道自己有多好！

希望你们觉得南瓜苗的味道还不错，谢谢啦！

2020.7.6

四二　享受人生的时候不要感到内疚

一

这里真是昆虫的乐园。

不知道别人怎样，我今年还没有往植物上喷洒过杀虫剂。并不是我善良，而是因为到目前为止还没有看到严重的虫害发生。也不知道为什么。按理说，植物这么多，应该很容易生虫。难道是因为鸟儿更多？

这里的昆虫当然没有室内室外的意识，它们逮住一切机会追求光明。天一黑，纱门上就会有各式各样的飞虫趴在上面往屋里看。我不怕虫子，小时候在农村长大，这些东西见得多了，深知它们翻不起多大水花来。

可是，啾啾和叩叩真是怕虫子怕得不得了。如果一直自信满满的啾啾突然过来小声而神秘地跟我说话，倚在身边要撒娇，通常是因为她屋里有比较大的飞虫了。如果一直酷酷的叩叩，突然热情地笑嘻嘻地过来找妈妈，一般来说也是因为房间里有嗡嗡飞的虫子了。

昆虫们也真是，只消进来一只，就开始在屋子里撒欢翻飞，又是扑打吊灯，又是没头没脑地到处乱撞，气氛一下子就紧张起来，孩子们会觉得自己是昆虫要撞上的下一个目标，吓得一阵阵尖叫。

我咋觉得昆虫们是故意的？这是不是已经成为它们的一个游戏？一项冒险？

想象一下，有个青春期的大块头昆虫，为了证明自己是好样的，引起女生的注意，故意往屋子里冲。而那个女生也许正默默地趴在纱窗前，用无比爱慕的眼光，深情地欣赏它的表演呢？

对于孩子们的求援，我当然不会坐视不理。我曾用纸巾把蜜蜂、苍蝇包起来扔到外面，也用过小棍把毛毛虫引出放到树上。但大部分时候，我都是手里拿着一块儿抹布，对着空气一阵拍打。我常常累得气喘吁吁，昆虫吓得四处乱撞。我们都很不容易，最后默契地休战。我对此要求不高，它们只要待在卧室外面就好。

真想找人给各路昆虫带个话，以后别到我家里来逞能。因为，头天晚上大闹天宫般的神气活现的家伙，第二天往往已经在角落里静悄悄地死了。什么女生啊、爱情啊，从此都与它无关了。

也不知道死因是什么，累了？吓着了？或者就是渴死了？如果不进到屋里来，外面的天地那么大，总不至于死得这么快。我真心替它们惋惜。

二

我总是在黄昏的时候去跑步。

毕竟是夏天了，白天的阳光总是炽烈火热，而早晚还是非常宜人。空气清凉宁静，花香暗涌。小兔子们估计已经是第二窝的了，大大小小，在自己的领地上跳来跳去地边吃边玩儿。

跑着跑着，绚烂的晚霞一点点黯淡下来，最亮的几颗星星开始闪烁。散步的邻居们也都回家了，我一个人安安静静地跑步，真舒服。

然后，萤火虫出来了。

它们并不密集，东一只西一只，在草地上、灌木丛中或是马路上，会突然出现一道柔和清晰的光，说不准从哪个方向划出一道角度奇异的弧线，转瞬即逝。刚想要看清一些，它却已经消失了。然后，另一边又闪亮一下，但你的视线仍然无法稳定地捕捉到它的踪影。

有胆大的萤火虫飞到了马路上，在空中时明时暗，这些萤火虫往往会有更持久的光。可是一旦你把它轻托在手心，它就像生气了一样，再也不肯亮一下。所以呀，要像白雪公主那样，能得到萤火虫主动照明引路，不知道人品得有多好才行。

想起去年四月底，我们一行人去台湾游学，在日月潭边的山林里观赏萤火虫。那是真正的萤火虫之路。我们在黑暗中静静地行走，萤火虫如天上繁星，连成了自己的银河，在虫鸣声、我们悄声的惊叹中华丽起舞，自在明灭，如梦如幻。至今想起来，依然觉得恍若梦境。

萤火虫真是一种神奇的存在。它们既是昆虫又不是昆虫。它们既是肉身又不是肉身。能给人带来光明的事物，是有一种神性的，是造化的奇迹。

虽然长岛的萤火虫没有那么多，但它们真正深入到了我的生活里。当我就着暮色给植物浇水时，它们会突然从草丛中冉冉起飞，旋即消失。当我静静地行走时，它们会突然从脚边掠过，给我一瞬间的光明。

无论何时，它们的出现都会让我立刻喜悦起来，不只是视觉的惊喜，更在一瞬间令心情欢快明亮起来。

听说，再过一段时间，萤火虫会慢慢多起来。那时候，我是不是又舍不得睡去，只想独坐在夜空下，沉浸在梦一样的虚幻与繁华之中？而生活中最能安慰我们、最能予我们因焦虑和劳作而焦渴的心灵以慰藉的，正是这不知来由、亦不知去处的虚幻与繁华吧！

三

许久没有去冷泉港看落日了。自从盛夏来临，海边总是人满为患，我对于去看海，好像并不那么动心了。

我看海，是真的看海。深邃碧蓝的天空与大海，无限渺远的天际线，永不止歇的海浪，还有沙滩上晶莹美丽的石子，对我来说是大海最为迷人之处。

但是对于那些充满活力的人来说，大海是一个运动场所，一个嬉戏和享乐的地方。我很羡慕他们的活力，可一想到因此而热闹非凡的海滩，就不太想去了。

我们中国人好像并不习惯于纯粹的玩乐，以及以游戏和快乐为目的的运动和享受。我们的心总是被现实的压力挤压着，很容易把玩乐当成浪费，把运动当成健身，凡事似乎都为了一个目的，使正当的享受亦产生心理上的愧疚感。

但人存在于这个世界上，并不是专为受苦而来，我们努力工作也并不是专为攒钱。工作的目标除了谋生和享受成就感之外，更是为了能给予心灵和肉体更好的享受，给予我们领会更崇高与动人的美、更深刻与博大的智慧的能力。

倘若没有这样诱人的赠礼，我是找不到努力工作的意义的。

所以我又来到冷泉港看落日了。

夕阳下，帆影点点，一叶叶小舟轻捷地靠岸，那是从海上冲浪和游玩回来的青年。

一对头发花白的中年夫妇在漫天晚霞中依偎着，我听到那位丈夫说：Perfect time（完美时刻）！

2020.7.10

四三　真正见过世界的人会保持谦卑

一

夏天原来是一个安静的季节，这一点我可没想到。

儿时住在湖北农村，夏天的傍晚，稻花飘香，蛙声震天，知了更是日夜不停地歌唱。夏天的万物是那么繁茂，好像世间一切的生命都在以自己的方式参与一场浩大的合唱，欢乐的庆典！

长岛却截然相反。这里没有蛙鸣，没有知了，夜间倘若仔细分辨，可能会听到一两声蟾蜍的低吼。

仿佛一夜之间，鸟儿们都不再那么卖力地歌唱了。只看到它们静悄悄地在灌木丛或是树下跳来跳去，机警地四处打量。或者是从草坪上快速跳过。有时候，会听到扑剌剌的拍打翅膀的声音，却不知道它们在哪里，在干什么，只知道它们就在周围沉默地生活，我的一举一动它们都洞若观火。

檐下的鸟窝安静了很久，几乎要废弃了。突然有一双小鸟又看上了它，有几天日日衔草过来修补。也不知道是不是原来那一对，也许不是。它们从来不啼鸣，也不跳舞，神秘极了。为了它们，我们再也不收放那个雨棚了，这意味着我也没有一个人独坐的漫长的咖啡时光了，不过我不在乎。

那些一直很安静的小动物们悄悄地变了样。金花鼠长大了，金红与黑色相间的花纹越发清晰美丽，原来细细的尾巴也丰满起来，如果能够摸一摸，手感一定是毛茸茸的吧。

小獾现在很少出现。它们已经长大了，身体沉重，一纵身跃上高高的围墙问题不大，但跳下来的时候一定会摔疼。它们经常出没的地方，现在来了一只娇小至极的小兔子，耳朵在阳光下还是透明的。

经过了一个春天、一个夏天，我对这里的植物动物有了初步了解。我知道杜鹃花、海棠花以及绣球花开放的次序，也知道了百合花、玉簪花的身姿如何动人。

我学会了留意它们，更厉害的是，我学会了不留意它们。

我不再对着它们一惊一炸，只消瞟一眼就知道它们是不是缺水，是不是该修剪了。它们是生活里的一部分，我习惯了它们，它们也习惯了我。我们终于不再彼此考验、互相折磨了。

我在心里得意地想：多大点儿事儿！

终于觉得自己是个见过世面的人了。以前总以为，只有见过大人物大场面，才是见过世面，现在我认为，能够了解更多以前未知的东西，并让它们融入生活中，也是见世面。

世界并不是只有人间那一堆烦心事，更大的世界是围绕着我们的大自然。认识的大人物未必能给人什么帮助，最多可以作为谈资，但这滋养我们的包罗万象的大自然，从来不会辜负你。天空与大地，风雨和晚霞，变幻无穷，炫美无边，只要多加注意，就会带来很多的愉快和安慰。

想通了这一点，枯坐在树下的我，内心充实极了。

二

后院里的小动物，没有一种是自负的、自命不凡的，它们谦卑谨慎，深知自己的处境，即使无人打扰，也时时保持警觉。任何响动，它们都认真对待，适当避让。在自然界中，哪怕是王者，也都有谨慎的一面。

而自负，在人类身上是多么常见。有的人仅仅比别人高一点儿、好看一点儿，或者只不过稍稍有钱一点儿，就禁不住沾沾自喜。

我们会嘲笑动物的自负，却不能反省自己的浅薄。因为我们不再向大自然学习了。

自负是一个对生存不利的属性。自负使你不能听取周围的反应，有可能错失最早、最关键的紧急信号，还会使你失去同伴的支持。

我有没有自负过？是时候好好反省一下了。

三

虽然在乡村长大，但我对乡村的记忆已越来越模糊了。可能是因为，十二岁离开那里以后，生活发生了彻底的变化，与土地和乡村的日常联系被切断了，乡村只是作为一个潜在的成长背景，遥远地存在着。

它予我最大的馈赠就是与大地的亲近，与大地上一切自然的存在的亲近。

一声鸟鸣，无论是婉转还是沙哑，在我听来一样动人。小动物踱步奔跑，无论多么平常，在我眼中永远可爱而迷人。有它们的地方，我总也待不够。

我的眼睛里因此装不下太多的商品，心里装不下过多的世故，总有一种从世俗生活抽离的力量在牵扯着我，提醒着我，赋予我一个更加超脱的看世界的角度。

我并不是农民，既不耕种，也不指望来自土地的收获，对于土地，没有那种母亲般的感受。大自然是我的朋友，是我最丰富也最多变、最美丽也最有个性的朋友。无论它怎样，我都爱。

土地上有产出，我很高兴；没有产出，我也不恼。平整美丽的草坪与杂草丛生的荒原，在我眼里各具魅力，而且无法互相取代。

有时候为了生活的方便，为了对某种东西有益，我会移除杂草或是锯掉树枝。比方说，铺了砖的地面，若有杂草长出来，地砖会慢慢松动，那就最好拔掉。可我也觉得在一片水泥的缝隙里长出一棵娇弱却又坚强的小草无比动人，拔掉它时，心里总暗暗可惜。

我眼中的植物没有有害的或是坏的，我只有更爱的，而没有不喜欢的。

所以说，我是一个没有原则的人，总是不知不觉就把事情弄得好复杂。没有原则也可以等于有很多原则，做决定的时候，心里不一定想着什么，于是就没有可预判的方向，显得有些莫名其妙。可是，很多规则都是根据人自身的利益制定的。这是一个强者说了算的世界，对此我只能接受，没有其他看法。世界这么大，我只是一个不起眼的微小个体，能把握好自己的生活，已经很不容易了。

这段时间，我们与外界很少来往，一家人在一起交谈也不多。这才发现，原来有那么多话是本可以不说的，那么多的交往和应酬也是可以不要的。

一家人在一起，就像一直都在一起，又像永远都会在一起。这是多么令人安心！

再微小的个体，再平凡的生活，在谦卑者看来，亦有动人与永恒之处！

2020.7.16

四四　安于寂寞才能发现一个新的世界

一

叩叩总是等着我跟他一起游泳，不管爸爸怎样劝说，他总要拉着我，原因是：爸爸在水里太严肃了，从来不玩儿！

可我又是那么不喜欢游泳，而且游得特别不好，不仅慢，而且胆小，除了业余水平的蛙泳，其他泳姿都不会。我的蛙泳是不是真正的蛙泳，我也不确定。曾经有个游泳教练，在岸上默默地看了一会儿，评论道："挺好一个姑娘，学了个狗刨。"

此言先生非常不爱听，因为我游泳是他教的。他认为那个教练这样说，是想收我做学生。后来叩叩表演狗刨给我看，我才知道自己连狗刨也算不上，哪有那么可爱。

不管怎样，对于游泳，我怀有深深的自卑，又因为自卑而愈加不喜欢。与游泳相比，任何一件事对我都更有吸引力。看书、做饭、跑步、给植物浇水，都成了我拒绝游泳的理由。

在一定意义上，兴趣主导了人生，而不感兴趣就像一个辅助的转向轮。虽然不喜欢游泳，可是我喜欢跟叩叩一起玩儿，那么偶尔还是要游几下的。

有时候，我不下水，只是端杯茶或是咖啡，坐在池边的大石头上陪他。他在水里灵活敏捷，像一条小鱼。他可以游得很快，也可以深深地潜水，但不论做什么，目标总是赶紧结束，早点上岸。一个活泼的少年，独自待在水里，真是没什么好玩儿的。既没有人比赛，也找不到人打闹，光是在水里划拉来划拉去，实在太单调了。

为了让他多些乐趣，我在岸上没少忙活，有时候拿着水枪滋他，有时候拿着长棍子敲他脑袋，他在水里又躲又笑，似乎不那么寂寞了。

水性好的人，在水里就像在岸上一样自由，而我在水里永远是个胆怯的外来者。胆怯到什么程度呢？仅仅是想一想哪里是深水区，我就立刻开始动作变形、呼吸急促，差不多快溺水了。现在有了进步，可以直直地穿过深水区，赶紧游到对侧扶住池边。问题是，这大概只有几米远，划两下子就到了。

什么时候我可以在水里自如来去，自信满满，面对再深的水也不畏惧？什么时候我可以憋一口气到水里去捉鱼呢？哪怕没有鱼，但只要能在水里睁大眼睛，舒展四肢，心情愉快、从容而缓慢地观察，就好像那本来就是我的世界，也就无憾了。

能够在水里自由来去的人，比我多了一个世界，他们感受世界的维度比我多一个，而对未知世界的恐惧又比我少一些。游泳对我唯一的诱惑就在这里。至于它是不是能锻炼身体，还在其次。

二

驶往纽约市中心的火车每天定时来去，汽笛声不时地穿透树林，穿过鸟儿的合唱，提醒我在不远处还有一个繁华的世界存在。虽然因为疫情的关系，这繁华已经比以前逊色许多，不过依然是别处不可相提并论的。

这繁华一言难尽，大商场诱惑不了我，但博物馆绝对可以。

令人心醉神迷的博物馆，我在里面待上整整一天都不觉得沉闷。每次离开，都会感觉身体里有一部分已经发生了变化，好像自己变得更饱满、更充实，但具体的情形又无法描述。我仿佛窥见了一点点这个世界的秘密，又仿佛窥见了很多的秘密，但是无法言说。

走出博物馆的大门，外面这个车水马龙的世界还是原来的世界，但又已经不完全是原来的世界了。彼时的我，似乎是透过世界上最伟大的艺术作品，在重新打量这个世界。

伟大的艺术家们的气息似乎附着在了我的身上，我往往会晕头转向，带着些许迷醉、些许清醒，虽然走在路上，灵魂却仿佛在俯瞰这个世界。

世间的一切仍然令人感到亲切、安心，更加值得热爱，但这热爱里又不知不觉地融入了更多的审美、更多的悲悯。

人不是神，无法从上帝视角看待自身，但是在一些瞬间，你又好像跳出了人类的身体、人类的眼光，不再是一个有着诸多经历和沉甸甸过去的人，你是你自己，又不是你自己，你看见了包括自己在内的一切人。

这是神明到来的时刻。

我很想念能够逛博物馆的日子，什么时候能重新开放呢？我一定要带上一块三明治，再带上一瓶水，沉默地徜徉一整天，不管双腿多么疲累都不会厌倦，更不会轻易离开。

对于在博物馆里只想着艺术品拍卖价格的人，有人认为他们的态度是对艺术品的亵渎，我却觉得没什么。如果对于高昂价格的热情和羡慕能够把一个人吸引到博物馆去，那对他、对博物馆也都是一种收获。

只要一个人的眼睛在浩如烟海的艺术作品中停驻过，只要他努力想要比对和发现它们的意味和特点，就有一些神秘的力量已经在不知不觉中改变他、熏陶他、重塑他了。艺术作品不是教科书，不一定有直接的教育作用，但它们拥有巨大的感染力。

艺术创作是人类最接近神的方式，是人类不为物役的象征，哪怕从事艺术创作的人本来是为了谋生。

一想到人不只有眼前的世界，还有一个更丰富的文明和智慧的世界，我便默默地感受到一种生而为人的荣耀。

三

最近，我发现自己对朋友们说了好几次“寂寞”，这让我吃惊不已。

寂寞的感觉已经有很多年不曾来找过我了。我一直向往着安静的生活，可没想到有一天，我会用“寂寞”来为这种生活命名，真是堕落了。

我从未这样生活过，也从未这样使用过时间，感知过时间。

我应该为自己感到惭愧，竟然无法重新沉浸在一种与大自然密切接触的宁静而自我的生活中。我只挂怀着过去，留恋着都市的繁华。我念念不忘的是都市里的一切，而对跃入眼帘的全部美好却预设了一个前提：我不能久留在这里。

于是，我的态度是最不负责任的那种。我不为树木施肥，最多随便剪剪枝。我不惦念明年春天这里的景象，不谋划在哪里补种些什么，好像这里的一切都是一种牵绊，都在阻碍我。

可是，它们真的是在阻碍我吗？它们难道不是慷慨地收留了我吗？它们不是按着自己最自然的节奏，不加区别地、完美地呈现给了我吗？我好像有点儿不知好歹。

天气开始潮热起来，日子向着回家的方向次第展开。每个清晨，风都毫不吝啬地从窗外轻拂进来，每一天都有一个愉快的开始。

这样美好的“寂寞”时光，值得最深的热爱。

2020.7.19

四五　生日愿望

一

我用长柄捞网把泳池里的落叶都捞干净了。泳池的水又蓝又纯净，在阳光下闪闪发亮。这个泳池看起来已经有些年头，但幸运的是，各种设施虽然老旧，但仍然能够运行。已被各种维修公司搞得焦头烂额的我，总算缓了一口气。

先生是非常亲水的，一个在北京的冬天都要骑车去游泳的人，一旦后院里有了泳池，那对游泳的爱就势不可挡地爆发了。不管是不是刮着小凉风，也不管自己是不是身体不适，他每天都要在那个形状不规则的小泳池里转着圈儿地游。有时候每天要游两次。每次游完，他还会不厌其烦地劝说我们每个人都下去“享受”一番。

泳池四周全是植物，落叶飘落在水面，时间久了便会沉入水底。人游着游着，忽然头顶着一片花瓣，“香艳”地浮出水面也是有可能的。

我陪着叩叩下水游泳。从水下往上看，漂在水面的叶子随着水波漂荡，看不清形状。可这次，我觉得浮在水面的那片“叶子”似乎并不那么轻盈，而且好像有手有脚，于是急忙爬到岸上，把那黑乎乎的东西捞了上来，仔细一看，竟然是一只刚出生不久的小獾。为什么它会掉到水里呢？刚刚我捞树叶的时候还没有看见它呢。

本来在水里欢闹的叩叩，先是对着可怜的小东西大惊小怪了一番，随后突然想到自己在泡过小动物尸体的水里游泳，转而大呼恶心。

此前我一直觉得，这里的小动物都好聪明，懂得避开水，没想到现在就出来一个少不知事的。我更没想到的是，在泳池边的灌木丛里，竟然有一窝小獾刚刚出生。此前每天只看到那个半大小子在草地上溜达，哪知道还有更多的事情在我们不可见却触手可及的地方悄悄发生。真是神奇。

一般来说，死去的小动物都是同一批中最弱小、竞争力最差的，或是被母亲放弃的。它好可怜，先生心下不忍，拿铁锹挖了个小小的坑把它安葬了。

二

我的菜园现在欣欣向荣。说是菜园，实在有点牵强，只有三棵西红柿、两棵南瓜。西红柿结了很多果，我每天给它们浇水时，心情都很好。南瓜本来有五棵，但大部分都被馋嘴的獾吃光了。我虽然心疼，但也不生气。反正是共同生活，谁得了好处我都高兴。

可是，今天我真的心疼了。仅存的两棵南瓜被我用纸箱围着，箱子的外围还插好了铁条。在我的保护之下，瓜藤向上伸展，已经够着了绣球花的枝干，开了好几朵花。我认不出来那是雌花还是雄花，但只要开花了，我心里就很高兴。

今天，小獾终于发现了它，站起身来把爬向高处的一棵南瓜苗吃光光了。

现在只剩一棵苗了，我灰心丧气。如果无法找一堆带刺的东西把它围起来，估计它活不到明天中午。

这只獾分明是恃宠行凶，仗着我喜欢它，就胡作非为起来。我在家里恨恨地说：“真想把它捉住揍一顿，大卸八块。”

叩叩好笑地看着我，他知道我有多么言不由衷。

三

这些天，我的生活好像在照哈哈镜，有点儿变形，因而感觉不太真实。

平静，看似闲散，实则忙碌。随着归国日期的临近，国内的工作突然都找来了。马不停蹄地协助先生工作了好几天，又是录视频，又是直播，我一个人承担了布景、灯光、导演、技术、造型等所有工作，最后还要当摄影师，以前依赖团队做的事情，慢慢地自己都会了。

奇怪的是，这些技能的加持，并不能增加我的自信或是愉快。

可能我更看重技术之外的东西吧，比如灵感。

闲散是假象，该做的事情，比方说写文章，总是没有足够的时间做。心神似乎不能集中，总是飘忽不定，于是便什么都不想说，也不想写。感冒如期而来，整个人混混沌沌，无论何时，都是一副即将入睡或是大梦方醒的样子，在家里沉重地飘来飘去。

世界上每天有那么多不确定的事情发生，我的心绪跟着新闻报道兜兜转转，愈加不宁。不知道别国的老百姓怎样，至少我们中国人对新闻和时事还是相当关心的。

我有时候像个大人物一样为疫情担忧，有时候又退缩成卑微的自己，为几个星期后的回国之旅担心。担心无法成行，担心途中的感染风险，还担心万一在美国生病了，没有保险的我们会不会深陷困境。

我似乎突然进入了一个担忧的世界。担忧并不是悲观，不是绝望，而是对令人失望的现实还抱有一些希望。

记得有句话说，没有消息就是好消息。生活在一个天天被告知即将有爆炸性新闻，而且与自己似乎有极大关联的时代，焦虑会慢慢在心里积累起来。

究竟是什么令我们不安？在和平安宁的日子里，生活日日向好，每天似乎都值得期待。但在充斥着不确定性的时候，对于未来是否更好，根本不敢奢望，不会更差就很满足了。

今天是先生的生日，我提前订好了蛋糕。虽然他总是不爱过生日，但家人和朋友每年都会为他庆祝。他照例睡了个懒觉，起来以后也闷闷不乐，因为他的耳朵不舒服，我不允许他下水游泳。

不过我知道，只要有一杯酒在手里，他的眼睛就会亮起来，谈兴也会慢慢变浓。

虽然担忧良多，但天空清新美丽，大地宽广稳固，四季循环如新，鸟儿依旧在窗前婉转歌唱。一念至此，释怀良多。

先生的生日愿望：愿祖国前途光明！

2020.7.25

四六　不拿起来，怎么放下？

一

天气真热，花草树木都争着抢着向上生长。一茬一茬的花开了又谢。

天气热到这个程度，仍然在盛开的花只剩下玉簪、萱草，还有几支迟开的百合。我连门都懒得出，花也不怎么去看了。

这样的盛夏，我的花园却在做减法。先是邻居家终于发现，他们院子里自由生长的野桑树几乎统治了一方，不仅严重压制了他们家其他树木的生长，而且侵略了我们家。我那棵垂丝海棠已经浑身长满了绿色的苔藓，树枝稀疏，只有一枝尚牵拉着几片奄奄一息的绿叶。

于是，突然有一天，伐树公司来了人，把那几棵粗大的桑树锯成一截一截的，清理干净拖走了。

我在那里打扫落下的枝叶，心里默默期待着海棠树能重获生机。虽然吃不到邻居家的桑葚了，但有一棵重获新生的美丽的树也是值得的。

然而，海棠树一天天愈加委顿，昨天去看，终于落下了最后一片叶子。它的样子看起来令人难过，就好像一位母亲，经历了过多的生育，营养不良，身材臃肿，蓬头垢面，生活没有善待她。

好在，树干下部又发出了茁壮的新芽，那是一程新的轮回吗？下一程生命，它还希望活成原来那个样子吗？

好几个月来终于又一次看到獾妈妈出现在院子里。它看起来也那么落魄，皮毛黯淡无光，肚皮几乎要拖到地面，蹒跚着走过草地，消失在林子里。这是一只有过很多经历和往事的獾，它一定懂得很多。

我心里突然有了不好的预感。赶紧去查看我仅剩的那棵南瓜苗。果然，我设置的重重保护没有一点点作用，早上还清新美丽的南瓜花、健康向上蜿蜒的南瓜藤全都不见了，只剩下光秃秃的几根老茎，凄凉地杵在那里。肯定是獾妈妈干的！只有它才够得着！

我悲愤地哀号了几声，但是没有人听见，更没有人回应。先生和叩叩都戴着耳塞，与世无争、满面祥和地在游泳。

我心里恨恨的，觉得这些獾真是欺人太甚。它们真当这里是自己的领地了，在花园正中的灌木丛生娃，在草地上逍遥，花园里新来的植物必须符合它们的兴趣，不然就吃了它。太霸道了！

幸亏我不是植物，我的命运它们说了不算，否则……

可转念一想，从今天开始，我无须再拎着沉重的水桶，穿过草地去浇灌南瓜苗了；过些日子离开这里的时候，也不需要叮嘱朋友来看南瓜结了几个、多大、是不是金黄色的，以及吃起来味道如何了。花园里的这个角落不再有种植的故事，有关南瓜的一切就此终结。我与南瓜的故事也结束了。真清净！

生活就是这么一回事，一个故事发生了，然后结束了。有时候，不想结束也没办法。同时发生太多的故事，人会累。结束一个，再开始新的，就从容多了。过多的挂虑没有人承受得住。

少一份惦念，少一桩负担，这也是一种解脱吧。

虽然可以这么想，但我还是很不高兴。解脱可不是一句话就能做到的。

以前认识一个画家，他在西藏游历生活多年，后来到北京寻找机会，租住在郊区村子里，整天开着一辆哈雷摩托呼啸来去，神气十足。他的主要家当就是这部摩托车和自己的画作。有一年春节，他的住处被村民们放的烟花引燃，什么都没来得及抢救。

听说，他望着熊熊的大火，含泪带笑地大叫："解脱了，解脱了！"

我佩服得不得了。要是我，一定会心疼得不得了，对着大火哭得不成样子吧。

他真的解脱了吗？后来听说他娶了妻，是个忠实的丈夫、顾家的好男人，表面上生活得像我们所有人一样。

不知为什么，我十分替他庆幸。

游离在寻常的人生轨道之外，放纵自己过一种狂放的人生，相比勤谨踏实地生活，其实容易得多。任性谁不会？任性其实是捷径啊！

我不知道真正的解脱之道是什么，我只知道，如果不拿起来，哪有什么可以放下呢？没有负担，何来解脱？

只有认认真真生活过、充分体会过的人生，在将来放下的时候，才能交付出一副充实饱满的担子，而那样的放下才是更彻底、更动人的吧？在放下的时候才能毫无愧色吧？

二

傍晚突然凉爽起来，我坐在后院里静静地看天空。

盛夏时节，傍晚的这份清凉十分适意，好像中午的闷热只是一场幻觉、一个引子，目的便是这清凉。当然，这清凉更像一种安慰，不然明天怎么继续忍受酷热呢？

天空中的云层稀薄洁白，有一架白色的飞机，直直地向着远方扎进了云层，时隐时现。我感觉它好像就要脱离地球的引力，消失在无限之中。同时，右侧的天空中有一架客机，呈深灰色，正平稳地在低空飞行。

再看远方，突然有一架飞机出现在高空，然后又有一架。它们相距虽远，但同一片天空中有四架飞机同时出现还是很少见的。叩叩脱口而出：难道是要打仗了吗？

我心里也有这样的一闪念。最近国际关系越来越复杂，各种消息层出不穷。最严重的时候，我很担心，会不会发生冲突。

今天看电视新闻，又被美国的情况吓一跳了。全美已有四百三十万人确诊，十几万人因染疫失去了生命，而政客们依然在喋喋不休，各种自我夸耀，让人无言以对。

没有什么不能习惯的。大家既习惯了戴口罩的生活，也习惯了安静的日子；习惯了不再外出，待在家里，也习惯了在潜藏危险的环境里尽可能照常生活。

纽约和长岛这边已经开放了商业设施，我去了超市和商场，每次都认认真真地戴好口罩和手套。超市的门口有消毒纸巾或手套可以免费取用，有的还有专人值守，向购物车上喷消毒水。

我们谨慎地生活，小心地保护自己。以前在世界上最拥挤的都市里肆意穿行的时光，以前熙熙攘攘的繁华，如今回想起来就像一个梦、一个遥远的传说。

等这一切都过去以后，也许我们会觉得这段日子也是个梦。究竟哪个是梦呢？也许都是？

什么样的生活才是正常的生活呢？

叩叩说，梦很神奇，当时会觉得很长很长，可醒来后又觉得其实很短。

2020.7.28

四七　月夜　孤独　虫鸣

一

月亮挂在十点钟的方向，清晰明亮。白云柔软蓬松，懒懒散散，静静地停在天空中，好像在享受月光。

月明星稀在这里并不适用。有月亮的日子，星星似乎比别的时候更加明亮，亮得让人以为那是静止在空中的飞机。直到发现它们很久也不动，才确定原来是星星。

我喜欢看星夜里的白云，一大朵一大朵，像是大片白色的花田，衬在深蓝的天空中，华丽而纯粹，美得出尘不凡。四周虫鸣起伏，仿佛在给这盛大的景色伴奏。

这么邈远深邃的天空，可能也预示着秋天的开始吧。我来来回回地踱步，故意低着头，眼睛看向黑黢黢的森林，随后再猛地抬头往天上看，那种瞬间扑面而来的强烈的美再次令我心醉神迷。为什么每次都如初见般喜悦呢？

世界上有很多种美，我们在看到它们的瞬间都以为终生难忘，但其实呢，大部分沉没在了记忆深处。那么，今晚的夜空会存储在我记忆里的哪个部分呢？在将来某个同样动人的夜晚，我会不会突然想起这一夜的震撼？也许，明天我便会重新投入到平凡忙碌的生活中，它就永远被遗忘在那里了。

无数的美被捕捉、被惊叹、被遗忘，不要以为什么都会留住，恰恰相反，什么都不会留住，"逝者如斯夫"。

说来奇怪，过了一会儿，我们散步走到了社区的路上，那里视野开阔，天际尽收眼底，可刚刚美得摄人心魄的天空此时却变成了一个普普通通的美好月夜，那激荡人心的冲击力好像魔法突然消散了一样，了无影踪。

为什么呢？也许在后院里，目光只能聚集在天空的局部，就像用画框把最美的部分单独呈现在了眼前，又或者那时确实有一个精灵施展了魔法，谁知道呢。

二

我们在长岛的日子很孤独。

常有人说，你们一家人在一起，应该不孤独啊。听起来没错，可我却觉得一家人在一起，大家的孤独好像加在了一起，变成了更强烈的孤独。单个人觉得孤独，还可以找人排遣，四个人一起孤独，就不知道该怎么办了。

不过，家里有一个人似乎是不孤独的，至少我看不出来。先生每天有自己的时间表，能静下心来写作，也能按时出去散步。无论刮风下雨，他的情绪都很稳定，步履都一样均衡。他仿佛是家里的定海神针，使我们的情绪不至于起伏不定。

孤独是因为我们与这里还没有建立牢固的联结吧？

这里的树，我不认得它们，它们也不认得我，我们彼此都是初识。刚刚认识了几天，一住就是大半年，太突兀了。它们无法知道，我们是带着什么样的心思留下来的，是不是像其他人那样，刚刚住下来，还没等了解这里，就开始动土，把一棵棵已经深深地扎根在土地中的大树锯断，把那些年年按时开花的灌木拔除，甚至把房子拆了重新盖一遍。

它们满怀狐疑地等待着看会发生些什么。对已经在这里生长良久的一切来说，任何新的变化可能都不是好事情。

这怀疑是有理由的。路边那户新搬来的人家就是这样。他们一来，就把门前的植物全部挖除，庭院变成了废墟，以前美丽的花草不见踪影。整个春天和夏天，他们的家门和窗户就裸露在每个路过的人眼前，门前草地中间几大块赤裸的土地毫无庇护，就像一个人被迫展示自己的身体，每次路过，似乎都感觉得到它的羞惭。

可是一片土地能有什么办法？换了主人，好像就应该换一道风景。有时候，主人没有换，风景也要换。土地除了接受又有什么办法呢？它不能走开，也无法阻挡，只能任由一切发生。

一棵树同样无力保护自己。它原以为，只要根够深，枝叶够茂盛，就是一棵好树，却哪里知道这远远不够。有时候，一阵莫名其妙的流行时尚，一个朋友热诚的推荐，或者仅仅是出于色彩搭配，一棵生活了几十年的树，就要被挖走，或是修剪得面目全非。

而人总是那么自以为是，人把自己的喜好看得无比重要。他们做这些事情的时候，从来没想过那些多年以来生活在这里的松鼠怎么想，兔子同不同意，獾妈妈一家会不会失去家园？

人把自己当成了万物的中心，真是一件很狂妄的事情。

经过这段时间，我的花园一定渐渐放心了，他们也许已经发现，我是一个很懒的新主人。

三

长岛的夜晚，真是太安静了。

那么多的虫鸣混合在一起，如一曲低沉宏大的合唱，营造出动人的氛围，独缺一个领唱的歌者来升华这一切。

这里没有知了，没有青蛙，偶尔听到几声走调的吱吱声，就像是知了还没有找到自己的曲调，试唱了几声，感到惭愧就停了下来。

最逗的是，这里的蚊子也是不声不响的，我们莫名其妙地被无声的敌人频频袭击，每个人都被咬了好多大包。

为什么知了都不出声呢？先生说，是不是被有针对性地进行了“物种灭绝”？不然，这无边的森林岂不会知了泛滥，那得多吵啊？我不完全同意。也许只是因为这些家伙发现，不出声存活的概率更高，因此选择了闭嘴吧。

无论如何，这里除了鸟儿的鸣叫，整天都安安静静，安静到我总能听到自己心里的声音，这不是更好吗？

2020.7.30

四八　每个人都应该有个女儿

一

今天我生日。啾啾卡着点儿，午夜时送来了祝福。

女儿就是这样，永远是生活里最柔软最温情的一块。她还早早地备好了生日礼物，一只眼睛大大的小羊布偶，又萌又可爱，有着如她一样单纯的眼神。我很喜欢，赶紧装进包里随身带着。

在这个世界上，你知道有一个人，无论怎样都会惦念你、疼惜你、尽力理解你，为你的每一点变好而自豪，在需要的时候与你站在一起与整个世界作战，是不是让人心里一直暖洋洋呢？

对我来说，这个人就是女儿。

印象里女儿总是娇弱、需要被爱的，也需要很多关注和陪伴。又有哪个孩子不需要这些呢？但是女儿不一样，她在接受爱与善意的同时，总是想着回馈。

你拥抱她，她会给你一个更加紧贴的回抱；她肚子痛，你为她煮一杯红糖水，她会在下次照样照顾你；你为她驱寒，她会反过来问你是否需要一条毛毯。

她在自己刚刚展开的人生里，用心地体会母亲全部的温柔和爱，把它们深深地储存在自己的生命里，这爱是光源，会在她的整个人生里无尽地照亮她自己和周围的人。

我常常想，作为母亲幸福感来自哪里？来自孩子的依赖与成长？来自看到一个生命日渐强大、丰满和绽放？

在抚育孩子的问题上，我从来没有一点儿功利心。我既不盼着他们将来挣大钱给我用，也不指望他们名扬四海，让我有出去炫耀的资本。

先生曾说过一句话，大意是，孩子们长大后，他们的失败不是父母的错误，他们的辉煌也不是父母的功劳。而我，到底还是忍不住要在他们获得成绩时发一个朋友圈，满足一下自己小小的虚荣心。

记得啾啾成年礼的时候，我给她写了一封信，结尾说：祝我的女儿有热爱的事业可以追求，有值得的人去爱。

我的想法至今也没有变。

二

每年夏天，我们家都有一个小小的生日季。啾啾和爸爸的生日在七月，我的在八月。

女儿的生日嘛，总是会比较重视，只要她在家，我都会张罗一番，但有时候我没有太好的主意，就不想认真张罗。

比如她二十岁那一年，因为这个年龄比较重要，有一些象征意义，好朋友提醒我不可以胡乱凑合。于是，我联系了北京前门那里一家非常美的书店“Page One”——透过玻璃窗可以看见正阳门城楼，承蒙对方支持，我们办了一个非常有书香味儿的party。好友还请了摄影师，安排人把空间布置得清新美丽。北京的朋友们欢聚在一起，一直到书店打烊还不愿离去。

对于生日，先生每年总说不想过，可是作为一家之主，他自然会受到全家人重视。于是，年复一年，他都会在蛋糕前许愿。

女儿和爸爸的生日过完以后，好朋友们基本上都密集地见过了，连着喝酒，酒兴也就淡了，连蛋糕也吃腻了，很想清静几天。可是这时候我的生日又来了。我既不好意思打搅朋友，也不想大吃大喝，只想让这个世界暂时把我忘掉。

但女儿是不同意的，她生怕我被忽略，衷心想要我感觉到被爱，感觉到快乐。于是，她不顾我的提醒，跑去告诉我的好朋友，提醒家人，半夜在家庭群里给我唱歌，甚至跑到我的公众号后台留言，祝我生日快乐。

难道她不知道这个后台只有我一个人打理吗？她是想让全世界都知道，她的妈妈今天应该快乐吗？还是说，妈妈生日这一天她很快乐？或者说，她敏感地察觉到了妈妈内心深处不愿被人发现的些微自卑，而努力以自己的重视来弥补它？

不管怎样，因为我的女儿，这个日子一下子绚丽起来。而一直在当家长的我，在这一天再次体会到被呵护、被宠爱，觉得自己好像还没有长大。生日的意义并不止于许愿和祝福！

一直想写一篇文章，题目就叫：每个人都应该有个女儿。今天先略写几句，我要去海边过生日啦。

2020.8.3

四九　飓风刮来的礼物

一

最近窗前的红枫树上比以前热闹多了。

我在厨房洗着杯子，一抬头，看到一只尾巴蓬松的灰色大松鼠正倒挂金钟悬在树梢，把树枝压得垂了下来。它一抬头，看到我在看它，也吓了一跳。它本来正随着树枝荡啊荡，这时突然一收腹，调转头从树枝窜到树干上，继而又飞快地消失在灌木丛中。我刚想收回目光，从后面的树枝上又“飞”下一只松鼠来，吓得我手一抖，杯子差点儿打碎。

松鼠虽然敏捷，但是胆子很小。它们通常只在草地的远端出没，最近为什么会到后窗来？莫不是我放在那里的喂鸟器让它们产生了误解？听朋友说，自从买了喂鸟器，坐在门前便可以看到很多漂亮的鸟儿来啄食，我羡慕得不得了，赶紧也去买了一个，费了不少劲地把它挂到了树上。挂的地方是我精心挑选的，既要让鸟儿不害怕，还不能距离太远，我们透过窗户或是玻璃门就能看到它们。喂鸟器很漂亮，黑色铸铁的，像一所小小的房子。

我还买了与喂鸟器大小相配的鸟食，是用各种坚果加上干燥的大肥虫子混合在一起制作的，可以嵌在喂鸟器中间。放好以后，我便每天鬼鬼祟祟地躲在窗后偷看。

奇怪的是，刚开始檐下的那两只鸟还在四周转来转去，试着啄过几口，此外并没有引来别的鸟。难道鸟食的口味不对？它们也太挑剔了吧，那一坨可不便宜，合人民币将近一百元呢。

我觉得有点儿没面子，懒得多看。有一天，突然狂风大作，暴雨过后，鸟食不见了。我在花园里四处找也没找到，估计被摔碎了。

可是，松鼠来干什么呢？它们一定是在别人家见过喂鸟器，以为我也会每天投喂。很惭愧，让它们失望了，我赶紧把烙饼掰成小块儿放在里面，让它们不至于空跑。

后来发现，松鼠在树上待的时间很长，有时候是从鸟窝那边窜出来的。难道它们在鸟窝那里吃过鸟蛋，吃得嘴馋了，就天天都过来看看？

先生说："松鼠也吃鸟蛋？"我说："生活这么苦，哪里敢讲究，肯定是杂食动物，啥都吃。"见我瞎扯，先生懒得多说了。

不管怎样，以前很难近距离看到它们，现在天天在眼前晃，也挺高兴的。红枫树下，落了一层橙色的扁扁的小小果实，踩在上面并不硌脚。我觉得路上有了它们作点缀，更好看了，就没有扫掉。

那一对松鼠还是每天在树上出没。今天，我轻手轻脚地在树下看了好一会儿，终于发现了它们的秘密，原来，红枫树的果实成熟了，它们是过来吃果实的。

松子我也爱吃，说明我很认同松鼠的选择，那么红枫的果实估计味道也不错，我打算明天摘一把尝尝。

二

前几天刮了一场飓风，当时我还是很兴奋的。我只见过台风，没见过飓风。飓风的名字听起来就很厉害，刮起来一定很凶猛。不知道会发生什么呢。

几年前，长岛曾经遭遇过一次强烈的飓风袭击，听说很多房子因此损毁。朋友说，他认识的一位警长是死命地抱住房梁才没有被倒灌进室内的海水冲走。以至于后来，我只要看到海边的房子，都会非常认真地考虑，要抓哪里才能抓得牢。

无论多喜欢海景房，我心里总是有着这样的担忧：我的手臂并不强壮，万一抓不牢怎么办？

前年夏天，我们一家人去三亚度假，正好赶上台风，狂风把细弱的、根基不太稳的树都摧折了。酒店的建筑很坚固，我们隔着玻璃看到波涛汹涌的大海，感觉非常震撼。看饿了，想要出门，却发现房门被风牢牢地封住了。几个人喊着号子，一起使劲儿才把门推开。去餐厅的路上要经过一个小路口，二三米宽的样子，人一走到中间就会被风吹着走，不受控制，需要路另一边的人眼疾手快适时帮忙一把拉过去。

当时觉得这个路口实在太好玩儿，我们很喜欢被风吹走，于是故意来回走了好几次。

听说这次的飓风很厉害，电视里一直在提醒大家小心。头天晚上，电闪雷鸣的，我们驱车回家的时候，看到路上有断裂的树枝，以为这就是飓风过境了，心中难免不屑，觉得这里的人真是大惊小怪。

没想到大戏在第二天。早上起床天就阴沉沉的，浓厚的乌云将天空牢牢地扣住，闷热异常。中午的时候，狂风大作，暴雨如注。那风并不一直刮，而是有着自己的节奏，时紧时慢。“紧”时，整片森林都在剧烈地动荡，平时不动声色的松柏也忽左忽右地摇摆；“慢”时，雨会停下来，风会略小些。我到外面去查看植物，发现花盆中的西红柿被吹得倒伏了，赶紧扶起来固定好。

天空非常忙碌，一会儿乌云滚滚，一会儿又突然露出一角蓝天。我这才发现，以前觉得长岛的天空已经够蓝了，天天都那么蓝，甚至蓝得让人觉得单调。但飓风刮过时，我才看到最深邃饱满的蓝，怎么说呢，比蓝还要蓝，蓝得让你觉得那不是天空，而是通往一个崭新世界的入口。

电灯先是闪了好几下，又都重新亮起来，但到下午三点的时候，还是彻底停电了，Wi-Fi 也没有信号。我们家做饭、烧开水都要用电，生活一下子停摆了。不过，狂风暴雨也很快结束，天空再度平静下来，大朵的白云安详地栖息在空中。

我们六神无主，无饭可吃，只胡乱吃了些干粮，叩叩说，可以把壁炉点着，把锅架上去烧开水。先生说，正好把头天烧烤剩下的鸡翅再烤来吃。

三伏天烧壁炉？那还不把人热死？我觉得不太靠谱。

啾啾从网上订了餐，我驱车去取。路上随处可见倒伏的大树，有的直接挡住了去路。所有路口的红绿灯都不再工作了，但是大家都会环顾左右，礼让通行，一切仍然井井有条。

邻居家有棵大树被吹断了，男主人拿了电锯把它弄得整整齐齐。在应对这样的事情方面，有不少家庭显然很有经验，很快启动了备用的发电机，轰鸣声大作，他们家中透出来的灯光让我们羡慕不已。

不过，等我们散步回来，我们家里也亮了，来电了。

后来才知道，我们很幸运，整个长岛还有几十万户住宅没有电呢，他们的生活该受到多么大的影响！生活一下子回到原始状态，没有电灯，无法使用任何电子设备，不能上网，没有热水、热食，冰箱里食物腐烂……据说这种状态还要持续一段时间！

虽然我们不能帮着做什么，但至少可以把家中还没有电的朋友请来吃饭呀。

于是，生活中平白地多了几个朋友欢聚谈笑的夜晚，这是飓风带给我们的最好的礼物吧。

2020.8.6

五〇　万物皆有情

一

“姑娘，你这是从天上掉到了地下啊！”

搬家师傅是个五十岁左右的华人，领着两个年轻些的工人，开着一辆巨大的厢式货车，车里面已经装了半车的货。他们把啾啾的东西从明亮的大房子搬进了合租公寓的小房间后，忍不住大发感慨。

“连个床头柜都放不进去。”他颇有些不屑。

啾啾笑嘻嘻地对我重复这些话，丝毫不以为忤。我对那师傅解释说：“孩子刚毕业，这不正创业呢，需要跟小伙伴们在一起。”他看啾啾的眼神立刻就不一样了，大概很少见到这样的女孩子吧。听说啾啾是学戏剧的，他就跟我们说起自己的孩子也热爱艺术。

啾啾觉得一切都很自然，她说：“我觉得住在豪华的大房子里，跟我现在的状态不符。我不能一直靠你们啊，这是我这个年龄应该过的生活。”

我一边心疼，一边自豪。对她说："你真是特别棒，不过要记着，爸爸妈妈总是会支持你的。"

想想有那么多孩子炫富、晒包，啾啾却一心只想着要做出好的作品，偶尔买一件贵点的衣服都会跟我汇报，我觉得有些心酸。从小到大，我们并没有刻意约束过她什么，但我们不注重物质享受的习惯，可能不知不觉地影响了她。

二

"妈妈，你到哪里了？马上要开演了，你直接过来找我！"啾啾在电话里焦急地说。

"啊？不是晚上的演出吗？现在是下午啊。"

"演出是下午啊，你怎么糊涂了？"

二月份，因为国内出现疫情，我们原定回国的机票被取消了。本以为没有机会看啾啾制作的戏剧，没想到却因此赶上了。

纽约的冬天虽然不是那么寒冷，但是比较阴湿。我每天忧心忡忡，开着新租来的汽车，在这个陌生的大都市里心惊胆战地穿行。我想当然地以为，戏剧演出肯定安排在晚上，但忘记了一点，这出戏只排了三天档期，票一放出来，十分钟就抢空了。

啾啾是制作人，但也只给我们抢到了三张，约好了要来看的朋友只能等等看开场前是否有退票，可没想到因为我的盲目自信，竟错过了下午演出的时间。

先生责怪我糊涂，但也别无他法，我们只好在剧场附近找了一家中餐馆，一边吃面，一边等着晚上的到来。我赶快通知朋友们不要来了，我们现在也只能排队等退票了。

啾啾与同学合作的这部戏名为“RACE to the Finish”，是这个毕业季纽约大学戏剧工作室唯一一场由学生主导的作品，一向吝啬的学校还给了一点资金支持。一部戏制作下来，全部环节，从招募演员到灯光、音乐、布景等，都由啾啾全权负责，同时她还要上课，要写自己的毕业剧本。

她常常累得精疲力竭，在微信里给我撒个娇，抹个眼泪，就又冲上去了。这样的时候，我只能在心里默默地希望她每个环节都顺利，不要累病。

晚上演出开场前，我们一家三口穿着灰不溜秋的冬衣，出现在一众西装革履的观众中，心下有些惭愧。我暗自提醒自己，以后可不能这样。啾啾忙得脚不沾地，但终于还是在开场前最后一刻给我们找到了座位。

那场戏出乎意料的好，内容犀利，细节饱满，演员富有激情。主创团队谢幕的时候，啾啾开心得露了馅儿：果真还是个孩子。不过，是一个很有主见的孩子。

常有朋友问我，是怎么教育孩子的。我总是无言以对。

若论教育理论，我是没有的。我只知道凭着本能，尽力去疼爱。对孩子真正的疼爱，并不是让她锦衣玉食，让她处处高人一等，而是尽力关注她，同时又不着痕迹地忽略她。关注她是为了体会她的真实状态，可以与她做富有内容的交流；忽略她则是为了留给她独立成长的空间。

有的妈妈非常强势能干，一手把孩子与朋友、学校同学和老师相处中的所有问题都解决了。她们有着强大的执行能力，搞定了孩子周围的全部社会关系，孩子却培养得并不顺利。我常想，世界留给孩子的锻炼机会，全部被能干的家长抢走了，家长自己成长得很好，孩子却错失良机。

我常常庆幸自己是个无能的妈妈，经常处在六神无主的状态，对孩子的很多事情都放手不管。我不敢自诩“有所为有所不为”，在孩子的成长过程中，我唯一的保证是给予他们无限量的爱和理解，成长是他们自己的事。

没想到在啾啾身上，效果出乎意料的好。叩叩会怎样呢？我和先生拭目以待。

三

最近我们一直在紧锣密鼓地收拾东西，准备路上用的防护用品，好不容易大家有空坐下来聊聊天，没想到说着说着，啾啾的眼圈儿就红了。自从她上大学以来，一家人便很少有机会这样长时间安静地住在一起，这次我们好好地过了一把瘾，但也因此更不愿意相信竟然又要把啾啾一个人留在这里。

她现在特别喜欢腻着叩叩，有事无事都要拽着他聊天。叩叩心里很受用，外表却还是酷酷的样子。啾啾最不放心的就是，没有她陪着我们，妈妈粗心，爸爸有时候会任性，嫌口罩不舒服不肯戴。她大声命令：“你们这次在路上，谁都不许娇气，不许任性。”然后又说：“你们要不然还是带个大塑料袋吧，吃饭的时候套上。”

我说：“防护是不可能完美的，心态放松也很重要。”当然，在先生看来，这都是我为自己粗心大意找的新借口。

不过，啾啾也开始每天认真地打健康码了，这样如果有需要，她可以随时买机票回国。这只是一次暂别而已。

四

忙碌了许多日子，我感觉自己忽略了周围的一切：早已熟悉的树木花草，昨天还对视良久的松鼠与小獾，天空，大地，清风明月。我端着咖啡，到外面沉默地坐了良久。

有风吹来的时候，挂在红枫树下的风铃便会轻轻地摆动，悦耳的声音久久回荡，余音袅袅，我会不知不觉听得出神。

闭上眼睛，听风声从远处呼啸而来，吹过森林。掠起波涛之声，最后路过我们这个小小的院落时，轻轻拂动了风铃。于是天地间瞬间响起了不成曲调、随意碰撞而出却无比悦耳的天籁之声。这声音让人莫名地觉得自己正置身于深山古刹之中，旁边是青灯古佛，而我是一个偶尔来礼佛的香客，在想象中深深地匍匐下去，心就慢慢安静下来。

我们熟悉了一个地方，然后离开它，不知不觉间，有些东西被我们带走了，我们也留下许多东西在这里。徐志摩骗了我们，世界上根本不存在“挥一挥衣袖，不带走一片云彩”。

万物皆有情。

2020.8.11

五一　告别与回归

一

我种的三盆西红柿长得很不错，其中两棵种在大花盆里，长得真叫一个好，果实累累，每盆都用了两根棍子做支架，才把它们撑得抬起头来。尽管如此，偶一刮风，茎秆还是会被吹弯。不过它们也真够皮实的，有时候我觉得它们的茎快断了，但只要扶正了再支撑好，就会像原来一样生机勃勃。能长出大果实的植物，还一点儿都不娇气，我真是很佩服它们。

但是，另一棵就没有这么好运了。此前移植幼苗的时候，手边只有两个大花盆，剩下的这棵实在没地方种，我在后院转悠了好久才找到一个小花盆，就凑合着种了进去。每天太阳一晒，它就蔫了，无论浇多少水都不行。盆太小，储不了多少水。可尽管这样，它还是照常结果，搞得我很感动。我小心翼翼地把头重脚轻的它搬到半阴处，才略微好一点，但这样一来，它的果子就小了很多，成熟得也慢多了。

植物也是有命运的。幸运的家伙一开始就会有充足的空间发展，有更强的竞争力，而运气不好的就只能憋屈地长成歪瓜裂枣。我无意之中成了决定植物命运的人。当然，我并不知道自己的无心之举会造成什么样的结果。

命运之手，看似背后有人主宰，其实有时候那主宰之人也是被主宰的。也许大家都在一个更大的循环当中，谁知道呢。

三棵西红柿，我一棵都带不走，全都留在长岛了。临走之前，特地带朋友去看：你把它们搬回去，放到阳光好的地方，只要浇水就行。为了增加它们的吸引力，我还摘了几颗红色的果子，洗干净放到碟子里让朋友品尝。也许，这可以诱惑到他，谁知道呢。

整个园子里，唯有这三个家伙是我精心培植的，其他的都是原住民，早就不需要我关照了。我觉得自己有点儿可笑，不过是几棵蔬菜，却千叮咛万嘱咐，搞得像“托孤”，太过分了。

我这个人有时候分不清主次大小，本该是隆重而伤感的离别，就这样被我用几棵西红柿给庸俗化了。

二

要说命运之手，可真是随处都会遇到。普普通通的人，有时候也可能会成为另一个人的“命运之手”。

我们提前四个小时赶到了肯尼迪机场，排队办理登机手续。别人都大箱子小箱子，而我们三个人每人都只背一个包，拉着一个小小的登机箱，显得分外轻松。

我们乘坐的是荷兰皇家航空公司的航班，飞往阿姆斯特丹，但是排队办理登机手续的几乎全是中国人，绝大部分是留学生。很多留学生打算就此离开美国再不回来了，所以他们的箱子都特别大。

有三只狗狗跟着各自的主人一起在排队。那只黑白相间的蝴蝶犬，一直乖乖地趴在笼子里，大眼睛温柔地打量着大家，又耐心又安心。我想到了男爵，如果它在这里，也一定会这样乖巧。蝴蝶犬的主人拿着一个透明的文件夹，她说那是带它回国所需要的全部材料，嘀，感觉比人需要的材料多多了。这个小家伙运气真好。

另外两只是日本柴犬和法国斗牛犬，一见面就开始狂吠，一副势不两立的样子。两位美丽的女主人慌忙将它俩拉开。我小声给它们配音：

“我妈妈最爱我，带我回中国。”

另一只说：“不对，我妈妈更喜欢我。什么，不信？看牙！”

叩叩表示反对说：“为什么总是妈妈喜欢？”

我立刻改正：“是爸爸喜欢？不对，是哥哥喜欢！”

叩叩勾起嘴角笑了。

三

值机柜台只开放了三个，有位中年女工作人员特别较真，乘客的每个箱子、每个背包都要上秤，前面那个穿着红格衬衫的小伙子，因为行李超重被她罚了好几百美元，脸色看起来很凝重。

我们三个互相看了一眼，默默地把背包里比较重的东西取出来，尽可能塞进衣服和裤子的口袋里，把杯子里的水倒掉，心中十分忐忑。

我们不打算托运行李，而每个人的随身行李不能超过十二公斤，一台电脑就占了好大比例。我们已把能够携带的东西减到了最少，可是好像还是重了几公斤。我在心里默默祈祷，阿弥陀佛，千万不要把我们分配到那个值机柜台。

终于快要轮到我们了，面前的柜台突然来了一位胖胖的女性工作人员，她微笑着冲我们招了招手。

“菩萨显灵了！”我心下暗喜，赶紧过去，奉上护照、机票和健康声明等，她仅仅查验了我们的两程机票，听说没有行李托运，看都没看一眼我们的小箱子，就满面笑容地说：“Enjoy your travel!”我们三个喜出望外，向她衷心致谢，开心地走了。

两个地勤对比鲜明，一个严格到刻薄的地步，另一个宽容随和；一个能使人瞬间心生恨意，另一个令人如沐春风。我们遇到了后者，感觉开始了一段幸运的旅程，而前面被罚了大笔费用的学生，心情一定与我们截然相反吧。我对人性的差异感慨不已，先生总结说，有的人就是更有智慧！

最近好几次听说，有的旅客因为某个工作人员坚守刻板的规定而失去了登机回国的资格，有人因此滞留国外甚至是机场，造成本可避免的损失甚至悲剧。那些造成这种后果的人，焉能不知他们的日常工作有可能给别人带来命运转折？

生活在这个世界上，很多事情不要那么苛刻、较真，有时候，你无心的、小小的善意，可能对于别人有着很重要的意义。

四

这是迄今为止我经历过的最清静的一趟旅行，到处都空空荡荡，每个人都礼貌地保持距离，不互相搭话，没有人大声喧哗。

真的行动起来后发现，情况并没有之前在家时想象的那么可怕。

这次旅途最重要也是我最担心的是防护问题，必须避免在途中感染。临行前，我们每个人都备了一个袋子，里面装了足够的口罩、免洗消毒液、酒精棉片等，此外，每人还有一个护目镜。进入机场大厅后，只有中国人比较注意严格防范，外国人一般都只戴口罩。

塑胶手套戴一会儿就被汗水浸湿了，谁都不肯再戴。幸亏我们没有穿防护服，不然非得捂发烧不可。叩叩一直又机灵又乖巧，帮了很大的忙。在飞机上，我们一找到自己的座位，就赶紧掏出消毒纸巾，把周围可能触及的地方全都擦了一遍。口罩是一刻也不摘的。吃过东西以后，先生的口罩忘了戴，叩叩立刻发现了，马上提醒他。

先生说，荷兰一直是世界上最开放的国家之一。以前，很多哲学家在本国受到迫害后，都会躲到荷兰去，比方说，笛卡尔，洛克。无知的我只八卦地想到，荷兰的同性恋婚姻比较普遍。仿佛是为了印证我的想法，前面的一排座椅坐着一对金发帅哥，他们无时不在亲昵地窃窃私语……

这班飞机真是空啊，空到什么程度呢，每个人都有一排座位。我跑到另一边座位上平躺着，痛痛快快地睡了一觉，什么酒精消杀全忘记了，手脚乱摸乱放，脸紧贴着座椅，后来睡醒了吓得赶紧去洗手洗脸。

最令人担忧的是从阿姆斯特丹登机的最后一程航班，我们不断互相提醒，健康码千万不要忘记打，一定要保证上面的“小飞机”在，一定要登机，千万不能滞留在荷兰。

登机的时候到了，长长的队伍排了很远。我们商务舱的队伍比较短，工作人员只是瞟了一眼我的“小飞机”就放行了。我心里雀跃着，急匆匆地上飞机找自己的座位，一颗悬着的心总算是放下来了。

登上这班飞机，就等于是回国了，到家了。中国的空乘人员与荷兰航空的不同，一律穿着严严实实的防护服。机上没有热食，只有预先包装好的饼干、面包等。不过，这些都没有关系，饿肚子也不算什么，有什么能抵消即将到家的快乐呢？

我们全都松弛下来，结结实实地睡了一大觉。途中醒来，我看到窗外深邃的夜空，一弯月牙清新美丽，星星远远近近地明灭着，天边慢慢地发红，红得越来越热烈，那是即将喷薄而出的太阳。

五

从离开长岛到落地广州，奔波了三十个小时，去国八个月后我们终于回来了。我心里非常平静，耐心地排队，遵照指示走完所有的流程。周围的一切都是那么熟悉，包括那个讨厌的总是要插队的人，都让我感到可以理解。

在一个被迫游荡许久的人看来，这狭窄拥挤的街道，隔离酒店前的一汪脏水，潮热的空气里飘荡着的油烟味儿，都带着熟悉的气息。我细细地体会这一切，一点儿都不着急。

竟然是真的回来了，并不是梦。

再回想一下遥远的长岛，倒更像一个梦，一个漫长、寂寞而华丽的梦。梦里有那么多真实的、深沉的哀愁。

究竟哪一个是梦呢？

六

啾啾一直密切关注我们的航班状况。每一程的起飞和降落，她都惦记着，掐着时间问我情况，甚至在早上从梦中惊醒，生怕错过我们的任何消息。

会有一段时光需要她独自度过了，她对此早已做好了准备。不过，再多的准备，都不能抵消告别的惆怅。成长的过程就是一个告别的过程。

人的一生中，究竟要面对多少次告别呢？告别熟悉的事物，去拥抱陌生的世界。我们总是走向自以为最好的选择，但那真的是最好的吗？世界上存在最好的选择吗？

渺小如我们，也许只是在命运之手的盲目拨动下，时而欢乐时而悲伤。也许并不存在一条设定好的命运，让我们走在它的轨迹上。

真正的轨迹是我们自己一步步走出来的，每一个或重大或微小的决定，每一次决绝或纠结，都是命运画布上真实的一笔。

而我们，是否走在自己最想要的路上呢？回家是否只是一个动人的执念呢？哪有什么答案，边走边唱吧！

2020.8.17

五二　游历增加的是心灵的财富

一

早早地爬起来送叩叩上学，然后又回到了床上。喜鹊在外面没完没了地叫啊叫。

它们的声音既不婉转，也不清脆，只沙沙的，没完没了，有唱有和，但都同样难听。不知道一大早它们为什么这么高兴，为什么会有人说喜鹊叫是在报喜？一点儿都不像啊。

是不是因为以前的人总是捉鸟来吃来赏玩，那些美丽而聪明、胆小的鸟都躲得远远的，只有喜鹊因为外表不漂亮，叫声也不动听，才敢到人类面前转悠吧。

没有鸟儿的天空多么单调，有了喜鹊就热闹生动起来。于是人类就赶紧说好听的，骗它们留下。

唉，它们太吵了，我心里循环播放着那首诗："打起黄莺儿，莫叫枝上啼。"没想到，静下心来，听任它们在外吵着，不知不觉地竟也睡着了。

北京的鸟儿跟长岛的鸟儿还真不一样。在长岛从来没见过喜鹊，就像回来以后再没见过北美椋鸟一样。长岛的鸟儿整天在歌唱，在谈恋爱；北京的鸟儿则在辩论，辩论输了就吵架，谁也赢不了谁。

果然是换了天地。

二

开学了，叩叩很兴奋。许久没有见到同学们了，他情绪高涨，讨厌上学的日子好像成了过去。

一大早，我开着电动汽车去送他。他一看车脏兮兮的，就催我别忘记去洗。我随口答应着，他还有些不放心，指着一起拥堵在路上的车说："你看看，人家哪一辆车不是干干净净的？"

确实，我的车上灰尘最厚，一开门就会往下掉灰，要小心上下才不会蹭脏衣裳。不过，我已经很满意了：搁了这么久，仍能发动起来，开起来就跑，除了刹车的声音有点儿大，一切都很棒。灰尘嘛，那都是车外之物，很容易搞定的。

今天早上，他发现车还没有洗，就不高兴了。我说："昨天下午下大暴雨了呀，你看看，玻璃都冲干净了。"他白了我一眼，懒得再理我。

叩叩上初二了，我对他的学校生活充满好奇，每天化身话痨，没完没了地问：

"今天见到同学们了？他们变化大吗？"

"还行。"

“有没有变化大到令人吃惊的？”

“有啊，大概就是我吧。我比好几个同学都高了。”

“作业多吗？新老师是什么样的？你的英语听力是不是感觉提高了？”

“你怎么有这么多问题啊？”

我讪讪地闭上嘴，关上了他的房门。家有青春期少年，我总是要提醒自己管住嘴。当妈妈的，总是忘记孩子已经长大，不再是个宝宝。

虽然有时候我叫他宝贝，他还是会答应一声，但估计很快就会拒绝这一称呼了，就像他已经拒绝和我牵手，拒绝我的抚摸，拒绝再跟我睡一张床、一个房间一样。我要学会像对待一个成年人那样对待他。

翻看过去的照片，看到他以前奶萌奶萌的样子那么招人疼爱，感觉很不真实。小时候的他和现在的他真的是同一个人吗？十几年的时光一点一点打磨他，他从一个漂亮的婴儿长成了轮廓清晰、身材清瘦的少年，从一个总是未语先笑的甜蜜宝贝，变成了一个时常不苟言笑的酷酷的男生。我真的不太习惯。

经过这段时间，他的心里有哪些东西在萌发？体验了三个星期美国的学校、与中国的老师和同学隔离了半年多以后，他对于友谊、学校和学习的看法一定悄悄地发生了一些变化吧。

夜深了，我下楼去散步。天空被楼房遮住了大半，但仍然能看到月光照亮云海。回头看向我家，叩叩房间的灯依然亮着，他还在奋力完成作业。这最普通的景象，好像有着关于生命和成长的无穷意味，蕴含着无法言说的希望。

三

我从办公室开车回家，感觉一切都那么不真实。

我竟然真的回到了北京的家，真的重新沉浸在原来的环境里了。身边是我原本熟悉的一切，我的狗狗、我的书、我的床、我的旧衣服，还有朝思暮想的好朋友们。白天去公司，小伙伴们都在安静地工作。在经历了漫长的分别之后，回归像是一个梦。

在汽车拐入回家的胡同口时，巨大的幸福感淹没了我。记得有人说过，当你从战火或是沙漠中归来，会觉得一个女人在河边洗衣服都是一个节日。

不能回归的出走，是放逐；能够回归的出走，是心灵的游历，是不可多得的财富。

这条回家的路，我走了那么久，总算是走到了。

> 我不希望度过非生活的生活，生活是这样的可爱；我却也不愿意去修行过隐逸的生活，除非是万不得已。我要生活得深深地把生命的精髓都吸到，要生活得稳稳当当……
>
> ——梭罗

2020.9.3

五三　看得见的喜悦

一

先生早饭后宣布了一个决定：从今天开始，每天喂男爵吃一根香肠，一根鸡肉条。

叩叩："为什么？"

先生："它现在不肯吃狗粮，只想吃零食，我们要纠正它。"

我："对，有道理。"

先生："我出门的时候喂它半根香肠，回来再喂它半根，叩叩喂它肉条，妈妈喂它狗粮。"

我："我才不干呢，那它还不只爱你一个？"

叩叩："爸爸太狡猾了。凭什么我只能喂一次？"

男爵最近真黏人啊。

我们回来的第一天，它犯了糊涂、变了心，眼里只有爸爸，一晚上都追着他，要他抱，要他挠痒痒。我看了心酸得不行，本来我一直是它的最爱，为什么会这样？

不过，办法我有的是。第二天，我带它一起去上班，逮着机会给它一个好吃的，它晚上就恢复记忆，最爱我了。嘻嘻！

现在，只要有可能，走到哪里我都带着男爵。最初回来的那几天，我专门出去遛它，现在，它成了我的伙伴，我们总是一起出门办各种事。

下午，叩叩去打篮球了，我带着男爵去接他。

男爵是个沉默但是乖巧的伙伴。前几天它坐车的时候，我一脚急刹车，它瞬间从座位上摔到了座位下，那扑通一声闷响让我很担心它的腿会受伤。没想到它连叫都没叫一声，就那么眼巴巴地待在下面，直到我停车把它抱上座位。

从那以后，它站在副驾驶的座位上时，我只要说“坐下，站着会摔跤”，它就立刻安稳地坐下来。虽然这样一来它的视野会受限，但也一直规规矩矩。

叩叩出来看到男爵喜出望外，立刻把它抱在怀里。即使在叩叩的腿上，它也会老老实实地坐下，可有记性了。

我带着男爵一起去大门口送东西，一起去楼下见邻居，一起去胡同口的文具店给叩叩买笔。它总是很聪明地安静着。我跟别人说话的时候，它就在周围不超过五米的范围内玩耍。有时候它会对别人产生好奇心，特地跑向某个人，去闻闻人家的裤腿，我只要喊一声“男爵”，它就立刻回来。

太聪明的狗狗常常会让人忘了它是动物。可是，我不希望它那么乖巧，我喜欢它动物的一面。

清晨，我带它到院子里撒欢，它仔仔细细地对着一棵低矮的野枣树闻来闻去，对着树滋了一泡又一泡的尿。大家都以为是那树叶上有其他小狗的气味，但谁知道呢？为什么不是因为秋天明亮的阳光照在枣树近似蜡质的树叶上，每片树叶都分外亮晶晶的呢？

它离开了枣树，对其他灌木视而不见，直到竹林那里才停下来，又像刚才一样，在竹叶上多次留下自己的印迹，之后才恋恋不舍地离开。

后面似乎没有需要特别关照的植物了，它一视同仁，像一只流连花丛的蝴蝶，万花丛中过，片叶不沾身，轻巧地闪转腾挪，又不时记挂着出来蹭一下我的裤腿，抬起头来喜悦地看着我。它的喜悦那么真实单纯，每次都会让我忍不住用更加温柔的声音跟它说话。

它是在默默地完成我们所不了解的狗狗世界的仪式吗？有的日子爱花，有的日子爱草，有的日子又对地上的路灯情有独钟。

它遵守着自己独有的规则，不为我们所知地安排着自己的生活。同时又忠诚地履行着自己的职责，多可爱呀。

我说："听说牧羊犬特别聪明，有的可以替牧民看管羊群，牧民一两个月去山上看看就行。真想养一只牧羊犬呀。"

叩叩说："妈妈你这个人真是的，听见什么狗好都想再养一只。世界上那么多狗你养得过来吗？"

我回道："可我至今不也只有一个男爵嘛！不过，我也很喜欢大眼睛的猫哦。"

这一瞬间，我看到蹲在椅子上盯着爸爸吃饭的男爵突然扭过头来，眼睛亮晶晶的，专注地、充满不解地看着我，好像被我的想法惊呆了。

我非常惭愧，抱拳道："不好意思，口误，口误！"

二

自从回到家里，就再也指望不上一抬眼就能看到风景了。

在长岛的时候，每扇窗户都是画框，现在我只能看看墙上的画框。之前，窗外不是碧绿的草地，就是美丽的红枫树，而现在只能看见近在咫尺的另一栋楼，以及别人家各色的窗帘，甚至还能听到窗外传来的麻将声。

前天，那只倒霉的喜鹊打架输了以后，顶着满头半秃的羽毛，突然沉默了。如此，我是连鸟叫也听不到了。

不过，我们家还是有一扇窗户可以看到点不同的风景，那就是厨房的窗户。以前，如果有客人来，我就会特地把他们领到那里，让他们往左前方看，能看到一所学校的操场。客人们总会赞不绝口，说真不错。现在我才知道，他们真的都很大度包容。

什么是风景呢？只有看后心生美感、心生愉悦的东西才能算风景吗？

也许，就像人人都是艺术家一样，各色的景象都是风景呢。

在思乡的游子眼中，异域美景比不上家乡半塌的矮墙更能令人愉悦。在热烈的恋人眼中，对方脸上的雀斑都格外俏皮迷人。

我觉得，我们所在小区昏暗的路灯、杂乱的植物，看了都觉得亲切。那是年年都见惯了的，我知道野苋菜几月最鲜嫩，也知道现在的石榴虽然看起来红艳诱人，可还没有熟透。

隔了大半年时光，再次看到熟悉的一切，有一种独特的新奇感。

我像一个出走半生的国王一样，重新巡视自己的领地。我带着狗狗一起在小区里散步，看看一楼人家的果树，看看长了青苔的坡道，又去跟看门的大爷打了好几次招呼。还有邻居，虽然叫不出名字，可听他们问一声“回来啦”，我就知道他们还是记着我们的。

最有意思的是邻居家的狗狗们，只要一叫它们的名字，它们便冲我热情地摇尾巴，就像以前一样。

与异国他乡空荡荡的美景相比，这熟知的平凡而琐细的生活，因为累积着我们过去的时光和记忆而显得分外饱满，弥足珍贵。

2020.9.6

尾声　家是来处，也是归处

一

最近陪先生出了好几次差。每次只是出去两三天，时间并不长，但我却总想尽快回家。

出差在外，无论住多么精美的酒店，房间多么雅致舒适，无论对方多么精心地招待和照顾，饭食多么可口，心似乎都留在了家里。蓦然发现，我对自己的家、对眼下的生活有一种前所未有的依赖。越来越没出息了。

我终于不再把自己成长时期的父母的家当成自己的家了，这也是一种悲哀。不过，就像无论我多么爱自己的孩子，他们也终将拥有自己的家一样，人生就是这样一个分分合合的过程，是新生活替代旧生活的过程。除了接受，我们这种平凡的人其实也没什么办法。

与家里有关的一切都时时牵动着我。邻居家姐姐来电话，说我汽车的大灯未关。我让叩叩去处理一下，他声音沙哑，委屈地说："我感冒了，你还让我做这做那。"上次出差，狗狗也感冒了。仿佛我们不在家的时候，总会出现一些差错，难道是家在挽留我们？

为了能尽快回家，我们几乎不托运行李，一下飞机就往家飞驰。走在小区院子里，心就踏实了。

家好像是一个有生命的存在，仅仅是接近它，就会得到抚慰。

二

散步的时候，常常会往路边一楼的人家里看。有位很熟悉的老大姐天天都在院子里一圈一圈地走着锻炼。她家的客厅里堆了好多东西，每隔一段时间，东西就会再增加一些，几乎要溢出房间，向户外发展了。她是个开朗的老人，难道有囤积癖吗？

我不喜欢用这样粗暴的词语来下定义。

她一定是觉得这些东西都有价值，因而舍不得抛弃吧。老人家里的东西，普遍会更多一些，年轻人的家则大多清爽一些。就像历史一样，东西多少好像与时间成正比。对老人来说，他们和过去的联系那么多，与未来的联系又那么脆弱。过去是具体而真实的，未来则抽象而不确定。

珍惜过去，对他们来说是再自然不过的事情。过去就是他们的人生。

三

装满一个空间是容易的，但认真建造一个家并不容易。一个家，所有物事都是因为主人的一个个需要、一样样社会关系，慢慢积累起来的。那些突然涌进来的东西，最后要么是经过挑选留用一部分，要么成为角落里的藏品，逐渐积满灰尘。

有时候，看到别人清爽利落的家，我好生羡慕，下定了决心要扔一批东西。我把一大批东西搬出来，像个法官一样开始决定它们的命运，这时忽然发现，很多东西，即使多年不用，依然鲜明地记得它们的来历和用途。真要下决心扔，还是颇为踌躇。

难道所有的东西都是以眼下有没有用处来决定去留吗？初恋时的日记本，孩子咬出很多破洞的那件睡衣，婚礼上穿的那件有一朵大大郁金香的花毛衣……它们不是珍贵的古董，甚至因为陈旧看起来更像是垃圾，它们都应该被扔掉吗？

对待自己物品的态度，其实就是你的人生态度。如果你愿意珍惜每一段经历，每一个重要的时刻，那么与之相关联的一切，留在你生活中的物品或是痕迹就都是弥足珍贵的。

当然，人是会变的，也许突然有一天，原本悉心采集人生之蜜的人感觉到了幻灭，原本游戏人生的人想要严肃地生活，更多的人可能是时而乐观，时而悲观，但终究有一天，他们会找到自己的人生底色，尘埃落定。

“有用”真的是一个肤浅、短视的标准。

很多无用的东西往往最能抚慰人心。母亲温柔的眼光和温暖的气息，路人善意的微笑，一句娇嗔，一滴眼泪，一个淘气的表情……它们都不能用钱衡量，也没有具体的用途，但若生命中没有了这些，该多么荒凉乏味。

于是，我把大部分东西又一样样地放回柜子里。乱就乱吧，满就满吧。

四

家里太拥挤了，我们去看了一所很大的房子，窗户阔大明亮，房间充足，可以放下很多书，多年以来朋友们送的可爱物件也有机会摆放出来。这样说，感觉我好像是在给家里的书和物品找一个家。

可是，我感到非常不安。这样的空间，我们有那么多的生活和热量来装满它吗？朋友们来的时候不多，孩子们会长大搬走，大部分时间我们都在安安静静地读书，过着平凡的柴米油盐的日子，那些多余的空间会不会不够温暖？

当我们年老了，肯定会有一些空间很少再进去看看，几乎可以断定，那时候我会盼望再次回到一个小小的空间里，感受那种一切都触手可及的方便和轻松。

究竟是大房子好还是小房子好呢？

人不需要用到很多东西，但是心里需要有很多东西。我们为可能的“用到”做了太多准备，花费了太多力气。该怎么分辨清楚，做一个更明智的决定呢？

五

家是复杂的、全面的。它总是想要留住你，虽然不知道自己会存在多久，但是每一个家为自己做的设定都是“永远”。

它把一切痕迹都留下来，孩子的奶嘴、拨浪鼓、还不会走路时穿的小得令人吃惊的鞋子，还有长大以后在路边拾回来的奇怪的木棍……混杂在角落里。

家是你过去时光和经历的藏身之地，是很多记忆的藏身之地。

家从不言语，只是接纳。它从不甄别，更无偏见。

如果你用价格的高低来判断物品的价值，决定哪样东西更值得留存，那么你的家就是贵重物品的存放之地。若你把人生的经历看得更重要，家就是时光的纪念馆。

家其实就是你自己。

完整的你，全部的你，本来就默默留存在时光深处，记录在我们无从得知的神秘之处，借由家里这些沉默的陈旧物品，静待有一天突然在记忆中迸发再现，呈现独属于你自己生命的珍贵光芒。

那么，珍惜吧！

2020.10.25

推　荐

以“感时花溅泪”的敏感，以清新灵动的文字，郭红记录了困境对她心灵的意外滋补和释放，验证了弗吉尼亚·伍尔夫写作中那种“通往内心的路远比通往外界更漫长”的境界。

——作家　严歌苓

郭红在异乡长岛，找到了一个生机盎然的万物家园。许多事或许走到远处才能想清楚。那些熟知的草木虫鸟，在他乡遇见时，如故人，亲切又陌生。她的文字优雅闲适地穿行其间，信手拈来，随处结祥云。

—— 作家　刘亮程

有个人告诉你一些不听也没关系的事。但听听不好吗？将不是家的地方经营成家，将被蹂躏的生活过得像蒲公英一样开放，将自己开放。寻找幸福才会幸福，跟生活认真才有那份天真。你若自爱自美，不妨读一读。

——作家　陈村

在特殊的背景下，处于纽约长岛的封闭状态中，一位中国知识女性沿着时间的线索展开心理的空间，她面对的是日常生活中的苦与乐，从细节入手，不断放大，也包括地平线上的生与死。

——诗人　北岛

她的文字很亲切。读着就好像随着她一起，经过了那段长岛的日常，那些内心深处的小小缱绻，那些不时冒出来的可爱念头，会有同为女性的共鸣。往往被宏大叙事所忽视的这些真实而细腻的心思，能安静坐于书桌前梳理并记录下来，真好。

——民谣歌手　程璧

纽约长岛，特殊的时空中，寻常又不寻常的每一天。郭红老师的一支妙笔，慢慢细细地讲述着日常的油盐酱醋和亲情，其中满满的，都是她对生活、对家人的热爱，以及对大洋彼岸家乡的思念。

——棋手　芮迺伟

每读到一篇小记，我都被吸引、被感动。它让同样被困于异国他乡且焦虑不安的我，在灰暗中看到了色彩和光亮。在我看来，郭红文字生命力的源泉，主要来自她与其周遭一切的“我—你”而非“我—他”的关系。在这种关系中，平常琐碎的生活与身边熟视无睹的事物不再仅仅被观察、被记录，它们参与了作者的思考，分享了她的心绪，因而不仅有了生命，也有了精气神，更有了力量。我真心地喜欢《长岛小记》！

——中国社科院研究员　高师宁

“人生的核心问题是‘度过’，就是如何把时间用掉的能力”——前几天在徐冰的书里读到这一句，一惊。我觉得，也许没有比被突然错置、且久不能见重置希望的境遇更考验我们“度过”的能力了。长岛的时间很长，也很硬；国远而家近，剥离和割裂实实在在。在五十多篇“长岛小记”里，郭红用敏感、细腻又幽默的笔触，把重置的情绪和动作化在错置的环境里：说蓝天，说小草，说沙滩，说花园，说家人，说淘气的獾妈妈和恼人的蚊子，说好天气和坏天气，就像说心情的沉与浮。这样的“度过”，因了错置，反而至柔而坚，弥足珍贵。

——亚马逊 ASAIL 首任院长　张峥

郭红的《长岛小记》，既是“生活在别处”，又是“生活在处处”。其实，她笔下描写的亦是我们每个人当下的生活。只要葆有天真和热爱，再琐碎的生活，也能过得异彩纷呈。这本书，无论是在平静的时候品读，还是在烦乱的时候翻阅，都能给你清新愉悦、心有幽香的感受。

——教育学者　尹建莉

那段时间，全世界苦闷，仿佛只有郭红笔下的长岛，还有叛逆和天真。后来我终于懂了，那时候的长岛根本不是个具体的地名，它是属于郭红的禅院。

——作家　周桂伊

在庸常人生里有着“宝钗”的练达圆融，在心灵生活中有着“黛玉”的秀雅纯净——这便是我眼中的郭红。她的精神面貌里始终透着一种“轻”和“清”，是心上不惹尘埃、不添负累的那种“轻”，更是世事达观通透之后却依旧保有纯真的那种“清”。这个滞守长岛的特殊假期里，郭红依旧用她的智慧，把日子过成了诗。

《长岛小记》中的每一篇都让人读来齿颊留香、不忍释卷，当你在当今时代不知如何安放自己一颗焦躁的心时，读读它，就够了。郭红的文字，是渡船，能带你抵达心灵的美好栖息地。

——主持人　青音